인간관계의 지혜 88 가지

MIJIKA NA HITO TONO NINGENKANKEI NI
TSUMAZUKANAI 88 NO HOUSOKU
© KENJI IWATSUKI 2000
Originally published in Japan in 2005 by
DAIWA SHOBO PUBLISHING CO., LTD.
Korean translation rigthts arranged through TOHAN CORPORATION,
TOKYO and SHIN WON AGENCY CO., SEOUL.

인간관계의
지혜 88가지

이와쓰키 겐지 지음 · 민성원 옮김

종문화사

지금까지 얻지 못했던 기쁨 그리고
느끼지 못했던 사랑을 위해

나는 수천 명의 인생을 들여다보며 함께 고민하고, 함께 기쁨과 슬픔을 나누는 혜택을 누려 왔다. 나는 그것을 감사하게 생각한다. 그러면서 느낀 것은 이 세상에는 너무나도 다양한 각양각색의 사람이 있다는 사실이다. 그리고 사람의 수만큼이나 헤아릴 수 없이 많은 개성이 있다.

나는 주위 사람들과 원만하게 지내지 못하는 등 대인관계에서 발생하는 문제에 놀라울 만큼 공통적인 원리가 있다는 것을 발견했다. 얼핏 보기에 우리 인간의 행동은 모순투성이에다 복잡다단해 보이지만, 찬찬히 뜯어보면 공통점이 많이 있음을 깨닫게 된다.

나는 그 공통점들을 한 줄의 문장으로 표현한 다음 그것을 바탕으로 사람들의 행동을 관찰함으로써 인간의 행동, 인간의 본질을 더욱 깊이 이해할 수 있었다. 바로 이 책이 그 결과를 모아 놓은 것이다. 한 줄의 문장은 수백 가지의 실제 사례로부터 나왔다. 나는 한 줄 한 줄 써내려가면서 수백 명의 얼굴을 떠올렸다.

이 책은 순서에 관계없이 자신에게 필요한 부분이나 마음에 드는 제목부터 읽으면 된다. 저자의 이야기에 공감한다면 정말 고마운 일이다. 하지만 사람에 따라 동의할 수 없는 부분이 있을지도 모르겠다. 저마다 개성이 다르니까 당연히 예외는 있을 수 있다. 하지만 이 책에서 제시한 88가지 법칙은 100명 중

95명 이상에게 적용된다는 것을 밝혀 두고 싶다. 이 책을 읽고 거부감을 느낀다면 당신은 이 책의 법칙이 적용되지 않는 5명의 예외 중 한 사람이다.

하지만 이 책 때문에 화가 나거나 괴로워서 더 이상 읽을 수 없다거나 반론을 펴고 싶어진다면 이야기가 다르다. 내가 늘어놓는 이야기가 들어맞는데도 불구하고 그것을 인정하고 싶지 않아 무의식적으로 반발하는 것일 수 있기 때문이다. 만약 이치에 맞지 않는 이야기가 씌어 있다면 '말도 안 되는 소리!' 라고 무시하면 된다. 하지만 무시하지 못한다면, 그것은 마음 깊은 곳에서 진실이라고 인정하지만 의식의 표면은 부정하고 싶어 한다는 뜻이다. 솔직하게 진실을 인정할 수 없을 따름이다.

그것은 또한 이 책의 이야기를 이해하지 못하는 게 아니다. 오히려 마음속에서 완전히 이해하고 있으면서도 의식의 표면이 '이건 말도 안 돼' 하고 부정하는 것이다. 부정하지 않으면 불안하기 때문이며, 진실을 외면하려는 어떤 이유를 갖고 있기 때문이다.

읽고 싶지 않은 부분이나 반발하고픈 부분일수록 여러 번 되풀이해 읽고, 당신의 의식의 표면과 마음속에 각각 도사리고 있는 생각이 서로 타협한다면 다행스러운 일이다. 하지만 '곰곰이 생각해 보니 그 말이 맞다'라든가 '처음엔 아니라고 생각했는데 사람들을 관찰해 보니 고개가 끄덕여졌다' '나는 그런 사람이 아니라고 생각했는데, 냉정하게 나를 관찰해 보니 백 번 옳은 말이다'라는 생각이 든다면 나로서는 무척 기쁜 일이다.

그런 깨달음이 새로운 관점을 만들어 주고, 그 새로운 관점이 더욱 큰 인생의 기쁨을 가져다주기 때문이다. 듣기 좋은 말만 가려듣는다면 현실은 좀처럼 변화하지 않는다. 오히려 듣기 싫은 말 속에 행복의 돌파구가 숨어 있다. '맞다, 맞아' 하고 동의할 수 있는 것만 받아들이는 태도는 정보량을 늘릴 수 없을 뿐만 아니라 세상을 바라보는 관점 역시 변화시키지 못한다. 새로운 정보를 받아들여야 여태껏 잘못되어 있던 관점을 바로잡고 올바른 관점을 갖게 된다. 비뚤어진 관점을 갖고 있으면 삶의 기쁨을 누릴 수 없다. 비뚤어진 관점을 바로잡으면 지금까지 손에 넣을 수 없었던 기쁨을 얻게 된다. 그리고 여태 느껴 보지 못했던 사랑을 느끼게 된다.

이 세상은 조건 없는 선의로 가득 차 있다. 세상을 바라보는 올바른 관점을 갖고 풍요로운 사랑을 느끼며 즐겁게 살아가기를 바랄 뿐이다.

이와쓰키 겐지

차례

01 좋은 인간관계의 기본 원칙은 기쁨을 공유하라!

'나도 기쁘고 너도 기쁘다.' 이와 같은 원원(Win-Win)의 법칙이 제대로 자리 잡고 있다면 사람과 사람, 사람과 조직(회사), 사람과 자연은 저절로 조화를 이룰 수 있다. 그리고 누구나 자기 자신의 내면, 즉 이성과 감정을 일치시켜 조화를 이룬다. 조화야말로 이 세상 그 어떤 것보다 소중한 것이다.

연인이나 친구, 부부 사이에 '나도 기쁘고 너도 기쁘다'는 법칙 이 뿌리를 내리고 있으면 별 탈 없이 원만한 관계를 쌓아 가기 마련 이다. 누구와 친구가 될지, 누구와 결혼해야 할지 고민할 때, 이런 관계가 성립되어 있는지 아닌지에 중점을 두고 생각하면 된다. 만 약 그렇다면 반드시 잘 될 것이다. 그런 관계야말로 기쁨을 만들어 내는 인간관계이기 때문이다. 기쁨은 의욕과 활력의 근원이며 희 망의 원점이다. 희망만 있으면 살아갈 수 있는 존재가 바로 사람이 다. 그리고 기쁨을 가진 사람은 그 기쁨을 많은 사람과 나누고 싶 어 한다.

신기하게도 기쁨을 나누면 열 배가 되며, 또 기쁨을 나눈 사람은 더더욱 기쁘게 된다. 좋은 인간관계에는 반드시 기쁨이 퍼져 나가는 법이며, 그렇게 행복의 동그라미가 더 커질수록 당신도 주위 사람들도 행복해질 수 있다.

이 법칙은 사람과 사람 사이뿐 아니라 조직과 조직, 회사와 회사, 그리고 나라와 나라 사이에도 해당된다. 기생충처럼 한쪽이 일방적으로 이득을 얻는 그런 관계를 오래 지속될 수 없다. 세상만사는 공존공영의 원칙을 따르기 마련이기 때문이다.

타인의 불행 위에
존재하는 행복이란 없다

그렇다! 다른 사람의 행복을 깨뜨리면서 자기만 행복할 수는 없다. 요즘처럼 성공하는 사람이 되라고 부추기는 흐름에 휩쓸려 가족이나 주위는 돌보지 않고 자신의 성공만을 추구하는 사람이 있다고 할 때, 아내나 남편, 아이가 불행한 시간을 보내고 있다면 설사 성공을 거머쥐었다 한들 행복하다고 할 수는 없지 않은가.

사실상 이 세상에는 다른 사람을 희생시키고 자신의 이익만을 쫓는 관계란 없다. 이 세상이 돌아가는 이치는 '기쁨을 주는 사람은 반드시 기쁨을 되돌려 받고, 괴로움을 주는 사람은 괴로움을 되돌려받는다'는 것이다.

당신을 괴롭히는 사람은 당신이 모르는 곳에서 괴로움을 당하고 있는 게 분명하다. 남을 괴롭히는 사람은 무의식적으로 자신을 괴롭히는 사람이다. 좀 지나친 표현일지 모르지만 이것이 바로 '천벌'이다. 자연의 이치에 거스르는 행동을 하니까 천벌이 내리는 것이다. 누구도 자연의 법칙, 자연의 이치를 거스르고 살아갈 수 없으며 자연의 법칙에 따라 행동하면 누구든 기쁨을 얻을 수 있다.

타인을 사랑하는 것은 순수한 자연의 법칙이다. 우리 삶에서 가장 커다란 기쁨은 내가 아닌 다른 사람을 사랑하는 것이다. 사랑에 비하면 돈과 명예, 학력이 주는 기쁨은 작다. 우리의 마음과 몸은 우주와 같은 물질로 이루어져 있고 우주와 같은 법칙으로 움직이고 있다. 우주의 법칙에 맞지 않는 행동의 결과가 바로 천벌인 것이다.

사람은 본래 사랑할 수밖에 없는 동물이며 사랑에 많은 것을 거는 존재다. 사람이 사람을 사랑하는 것은 우주의 법칙 그 자체다.

스스로 칭찬할 수 있는 일만 하라

어떤 행동이 망설여질 때, 이를 테면 회사를 그만두느냐 계속 다니느냐 혹은 이 사람과 결혼하느냐 마느냐 하고 주저할 때에는 그 행동으로 긍지를 가질 수 있느냐 없느냐를 생각하라. 긍지를 가질 수 있다고 판단되면 행동하고, 아니라고 느껴진다면 그만두는 방식으로 의사 결정을 하면 대부분의 경우 문제없이 잘 해결된다. 사람에 따라 다르기는 하지만, 대부분의 사람들은 주저하는 데 무척 많은 에너지를 소모한다.

그런데 여기서 말하는 긍지란, 남에게 자랑할 수 있는 것인가 아닌가가 아니라 스스로를 칭찬할 수 있느냐 없느냐이다. 뿌듯한 마음으로 스스로를 칭찬하고 자랑스럽게 여길 수 있는지 아닌지가 중요한 것이다.

왜 긍지가 중요할까?

긍지란 기쁨과 같은 것이기 때문이다. 다른 사람에게 호감을 사기보다 먼저 자기 자신에게 호감을 주면 기쁨과 긍지가 동시에

내 것이 된다. 긍지를 가질 수 있다면 무엇에 비할 바 없이 커다란 기쁨을 가질 수 있다. 다른 사람에게 아무리 호감을 사고 아무리 칭찬을 듣는다 해도 그만한 기쁨은 손에 넣을 수 없다. 사람은 자신의 기쁨을 위해 살아야 비로소 기쁨과 감동이 넘치는 삶을 살 수 있다.

기쁨은 의욕의 에너지원이다. 참된 기쁨은 기운을 솟아오르게 하고 희망을 가져다준다. 그래서 기쁨을 주는 일을 더욱 열심히 하게 되며, 이것이 곧 자기를 발전시키고자 하는 마음이다.

어떤 행동을 하여 기쁨을 얻을 수 있으면 그 일, 그리고 그 일에서의 직감에 자신감을 가질 수 있다. 또한 참된 기쁨은 주위 사람들까지 행복하게 만드는 위력을 지니고 있다. '나도 기쁘고 너도 기쁘다'는 법칙이 여기에도 적용된다. 그렇게 되면 자신의 행동과 판단에 더욱 자신감과 긍지를 가질 수 있다.

바로 이 자신감과 확신 속에서 지혜와 다정함이 피어난다. 다른 사람의 행복을 원하고 다른 사람의 불행을 슬퍼할 수 있는 사람이 되는 것이다. 자신감과 긍지가 없으면 다른 사람을 사랑할 수 없을 뿐 아니라 다른 사람의 불행을 바라고, 다른 사람의 행복을 질투하는 사람이 되고 만다.

사랑하지 않으면 결코 삶의
지혜를 얻을 수 없다

　지식이 많은 사람을 보면 언제나 부럽기 마련이다. 하지만 사랑이 없다면 지식은 그냥 지식일 뿐 지혜가 아니다. 그저 단순한 정보, 백과사전과 다를 바 없다. 다시 말해 아무리 열심히 공부해도, 아무리 많은 책을 읽어도 그것만으로는 지혜로운 사람이 될 수 없다.

　기억과 기억이 유기적으로 결합한 것이 지식이고, 지식과 지식이 결합한 것이 지혜다. 나아가 지혜와 지혜가 결합하면 예지(사물의 본질을 꿰뚫어보는 뛰어난 지혜)가 된다. 지혜와 예지를 지닌 사람은 입체적 사고를 할 수 있으며 적절한 판단과 결단을 할 수 있다. 그런데 놀랍게도 많은 사람들에게 부족한 것이 바로 이 입체적 사고다. 이런 지혜를 얻으려면 다른 사람을 사랑해야 한다.

　왜냐하면 사랑하는 것이 곧 기쁨이기 때문이다. 기쁨은 나 아닌 다른 사람을 사랑하는 데 있다는 진실을 아는 사람은 타인을 사랑하기 위해 지식을 횡적으로 결합해 간다. 지식과 지식의 네트워

크가 '사랑'이라는 기쁨을 중심으로 형성되어 가는 것이다. 다름 아닌 '기쁨의 네트워크'이다.

우리의 뇌는 원래 위험과 불쾌함을 피하고 기쁨과 감동을 성취하도록 발달한 기관이다. 다른 사람을 슬픔에 빠뜨리거나 괴롭히기 위한 지혜가 생겨나지 않도록 만들어져 있는 것이다. 나쁜 지혜는 어차피 깊이가 없기 마련이다.

타인을 사랑하는 지혜야말로 우리 삶의 귀중한 보물이자 우리의 생명을 구하는 약이다. 요즈음 지식은 차고 넘치지만 지혜는 귀해져 가고 있다. 청소년 범죄, 충격적인 사건이 늘어나고 미성년자 성매매와 불륜, 거식증이나 폭식증 같은 장애, 집단 따돌림이 날로 심각해지는 이유는 모두 참된 지혜의 결핍 때문이다.

굳이 자기희생이
필요한 것은 아니다

자신의 즐거움을 추구하는 사람만이 타인에게 사랑과 꿈, 감동을 줄 수 있다. 굳이 자기희생이 필요한 것은 아니다. 마음껏 자신의 기쁨을 위해 살아도 된다. 온 힘을 다해 기쁨을 추구하라. 나를 생기 있게 만드는 일이 다른 사람을 생기 있게 만드는 일로 이어진다는 사실을 알 수 있다.

남의 시선을 의식할 필요는 없다. 인생의 주인은 바로 당신, 실컷 자신의 기쁨을 추구하라. 산다는 것은 자신의 기쁨을 추구한다는 것과 동의어다. 철저하게 자신의 기쁨을 추구한 사람은 스스로에게서 좋은 면을 보게 된다. 자신의 좋은 면을 보면 다른 사람의 좋은 면을 찾고 싶어지는 법인데, 그것이 바로 '타인의 행복을 바란다'는 것이다. 바꿔 말하면 사랑이다.

행복한 사람만이 다른 사람을 사랑할 수 있다. 기쁨과 감동을 갖고 있는 사람만이 다른 사람이 행복해지도록 도울 수 있다.

우리는 다른 사람의 도움 없이는 행복해질 수 없는 존재다.

따라서 우리는 서로의 행복을 위해 서로 응원하고 도와야 한다. 그렇게 해야 행복의 동그라미가 커져 가는데, 그러기 위해서는 먼저 자기 자신이 즐겁게 인생을 살아가야 한다.

'자신의 즐거움만을 추구한다면 사회 질서가 어지러워지지 않을까?'

당연히 이런 의문이 들 것이다. 그렇다. 확실히 우리는 오랫동안 자기희생과 인내, 노력을 미덕이라고 교육받아 왔다. 누구도 그렇게 말하지는 않지만 인생을 즐기는 것이 나쁜 짓인 것처럼, 그래서 개성을 억누르고 협력을 강요하는 교육을 받아 왔다. '지금은 힘들어도 앞날에 반드시 좋은 일이 있을 테니 열심히 공부해라, 열심히 일해라' 하는 소리를 들어 왔다. 하지만 이런 방식은 회사나 국가의 경제적 발전을 위해서는 효과적이지만 개인의 만족(행복)에는 그다지 도움이 되지 못한다. 이 세상에는 나를 살리면서 다른 사람을 살리는 길이 반드시 있다. 그 길을 찾아 실천하라, 그것이 정말인지 아닌지 금방 알 수 있을 것이다.

06 남의 행복을 방해하고 싶지 않다면
자신의 인생을 즐겨라

강요된 희생은 기쁨을 포기하게 만들고, 다른 사람이 기쁨을 맛보는 것을 도울 수 없게 만든다. 돕기는커녕 자기도 모르는 사이에 다른 사람의 행복을 방해한다.

남을 배려하는 마음은 다른 사람이 기쁨을 맛볼 수 있게 응원하려는 의욕이다. 인생을 즐기는 사람만이 남을 배려하는 마음을 가질 수 있다. 돈과 명예, 학식의 혜택을 누린다 해도 인생을 즐기지 못하는 사람은, 옆에 있는 사람들에게 생기가 넘치면 괜히 초조해하기 마련이다. 남의 행복을 시기하고 다른 사람들도 자기처럼 괴로워하기를 바라기 때문이다.

개성을 억누르고 타협하는 자기희생이 미덕이라고 교육하고 강조해온 결과가 대체 무엇인가?

오늘날 우리 사회를 들여다보면 한눈에 알 수 있다. 따돌림, 교내 폭력, 가정 파괴, 범죄는 날이 갈수록 늘어나고 있다. 다른 사람을 생각하는 마음이 없어졌기 때문에 어른은 물론이고 청소년의 마음이 황폐해지고 있다.

　즐겁게 살고 싶다면 자신의 마음에 따라 정직하게 살아야 한다. 그런 삶의 태도가 사람들에게 피해를 주는지 아닌지를 찬찬히 살펴보라. 속는 셈치고 한 번쯤은 이기적인 태도를 가져 보라. 결과가 좋지 않다면 다시 원래대로 돌아가면 된다. '돌아갈 수 없으면 어떻게 하느냐'는 생각은 핑계에 지나지 않는다. 용기는 바로 이럴 때 필요한 것으로, 만약 이기적인 삶의 태도가 멋진 인생을 선사한다면 그 태도를 계속 지켜 나가라. 먼저 행동한 다음 판단해 보라. 어정쩡한 이기주의로 자신의 즐거움을 추구하면 오히려 주변 사람에게 피해만 준다. 하지만 마음껏 자신의 기쁨을 추구하여 행복해진다면 다른 사람의 행복을 진심으로 바라고 또 도울 수 있는 것이다.

위로하지 말고 격려하라, 동정하지 말고 공감하라

인간관계의 기본은 '위로'가 아니라 '격려'를 주고받는 것이다. 동정과 공감은 엄연히 다르다. 동정은 은근히 얕보는 듯한 마음을 깔고 있지만 공감은 대등한 입장에서 서로 격려하는 것이다. 격려를 주고받는 관계인가 아닌가가 인간관계에서 가장 중요하다. 앞에서 첫 번째 법칙으로 제시한 '나도 기쁘고 너도 기쁘다'라는 관계는 바로 서로 격려하는 관계다. 그런데 주의해야 할 것이 있다. 자신의 상처를 가까운 사람과 공유하고 싶어 하는 사람들이 있는데, 자칫하면 공감이나 격려보다는 서로에게 좋지 않은 상처를 드러내고 위로하는 관계에 치우치기 쉽다.

당신을 진심으로 격려할 수 있는 사람은 당신을 이해하는 사람이다. 그리고 그 사람의 마음이 따뜻하지 않다면 당신을 격려할 수 없을 것이다. 그런 사람이 주위에 있다면 이미 그것만으로도 당신은 행복한 사람이다.

하지만 우리는 진정한 행복이 무엇인지 모르기 때문에 그런 사람이 얼마나 고마운 존재인지를 실감하지 못한다. 그래서 그런 소중한 사람을 무심코 가볍게 대하거나 멀리한다. 이것은 눈을 멀뚱멀뚱 뜬 채 자신의 행복을 버리는 것이나 마찬가지다.

감사할 줄 모르는 사람이 바로 그런 사람이다. 버리고 나서, 잃어버리고 나서야 '어? 왠지 허전한데' 하고 느끼지만, 누구를 소홀하게 대접해서 그렇게 되었는지조차 모른다. 그걸 몰라서 오히려 자신의 인생을 맥 빠지게 하는 사람만 소중히 여기는 탓에 불행에서 벗어날 수 없다. 행복이 무엇인지 모르는 사람은 행복을 버리는 사람이다.

이런 사람은 타인에게 감사하고 타인을 존경할 수 없다. 하찮은 것에 감격하고 하찮은 사람에게 감사할 뿐이다. 자신을 이해하고 격려해 주는 사람을 존경할 수 있는 사람이야말로 성인이라 할 만하다. 대가 없는 사랑, 사심 없는 선의로 자신을 대하는 사람에게 진정 감사할 수 없는 사람은 좋은 인생을 살 수가 없다.

"오늘 이런 일이 있었지 뭐야", "힘들어", "화를 참느라 혼났어", "정말 기뻐" 하고 말할 수 있는 사람, 자신의 이야기에 공감해 주는 누군가가 있는 것이 곧 행복이다.

불신이 친구의 숫자만
늘어나게 하는 법이다

마음의 친구는 한 사람이면 충분하다. 그런 친구만 있다면 인
간에게 그렇게 많은 친구가 필요한 것은 아니다.

친구가 많다고 떠벌이는 사람이 있는데, 사실 그 사람은 마음
의 친구가 한 사람도 없다고 고백하는 것과 같다. 만약 다급한 상
황이나 위험에 처했을 때 누구 하나 믿을 만한 사람이 없다고 생각
하기 때문에 우선 친구의 수를 불리려고 하는 것이다. 그러나 그런
불신을 품고 있으면 친구를 몇백 명 만든다 해도 진짜 친구는 단 한
사람도 없기 마련이다.

함께하는 시간이 길다고 진짜 친구는 아니다. 비밀을 털어놓
았다고, 마음이 맞는다고 해서 진짜 친구가 아니다. 진짜 친구란
내가 기쁘게끔 도와주는 사람, 나를 이해하고 격려해 주는 사람
이다.

진짜 친구라고 자주 만날 필요는 없다. 한 달에 한두 번 만나
이야기를 나누는 것으로 충분하다. 언제나 무리를 짓지 않으면

불안해지는 것은 마음과 마음이 닫혀 있다는 증거다. 그래서 항상 같이 있지 않으면 서로 단절되어 있는 것처럼 느끼게 된다. 마음의 친구란, 말 그대로 마음속에 있는 친구를 말한다. 마음의 친구와 단단히 연결되어 있다면 떨어져 있어도 쓸쓸하지 않다. 멀리 있다고 해서 쓸쓸한 이유는 마음의 끈이 없기 때문이다.

따뜻한 공감의 시간에 친구는 눈앞에 있는 게 좋지만, 그렇다고 해서 매일 만나야 하는 것은 아니다. 하루도 거르지 않고 만나야 관계가 깨지지 않을 것 같은 친구, 매일 통화해야 친구인 것 같은 관계는 진정한 친구관계라고 할 수 없다.

09 기쁨을 나누지 못한다면 차라리 친구나 연인이 되지 말라

당신이 친구와 연인을 원하는 마음은 이해한다. 하지만 그냥 외로워서 사람을 찾는 것은 바람직하지 않다. 겉보기엔 우연처럼 보여도 사람과 사람의 만남은 필연으로 묶여 있기 때문이다.

함께 있어 즐거운 사람을 찾으려면 먼저 스스로 즐겁고 유쾌한 사람이 되라. 혼자서도 얼마든지 즐길 수 있어야 한다. 즐거운 일을 하면 마음속에 차곡차곡 기쁨이 쌓여 간다. 사람은 자기 마음을 표현하지 않고는 배기지 못하는 존재이기 때문에 반드시 그 기쁨을 누군가에게 말하고 싶을 뿐 아니라 함께 나누고 싶어진다. 기쁨을 나누고 싶은 사람이야말로 당신의 친구가 되어야 할 사람이다. 기쁨을 공감하는 것이 친구가 되는 길이다. 그 사람이 이성이라면 연인이 되고, 동성이라면 벗을 삼아라.

세상에는 "외로워서 친구가 필요해", "옆구리가 시려서 애인이 있으면 좋겠어"라고 말하는 사람들로 넘쳐난다. 외로우면 그 외로움에 공감한 외로운 사람이 다가온다. 자석처럼 외로움은 외로움을 끌어당기게 되어 있으니까.

혼자 있는 것을 못 견뎌하고 무엇을 하든 누군가와 함께하기를 원하는 갈망이 너무 지나치면 친구를, 연인을, 남편을 지치게 하고 멀어지게 할 수도 있다는 것을 알아야 한다. 두려운 일이지만, 외로운 사람은 외로운 사람과 함께 있으면 있을수록 외로워진다. 떨어져 있으면 외로워서 어쩔 줄 몰라 늘 함께 있고 싶어진다. 그러나 같이 있으면 불안하다. 싸움이 잦아지고 결국 헤어지고, 다른 외로운 사람을 찾아 함께하고 또 불안해지고 … 이것이 되풀이 된다.

기쁨은 의욕의 원천이므로 생산적인 인간관계를 낳지만 외로움은 아무것도 만들어 내지 못한다. 그런 비생산적인 관계는 오래 갈 수가 없다.

10 사랑하는 것이 사랑받는 것보다 20퍼센트의 행복을 더 보장한다

누군가에게 사랑받는 것은 기분 좋은 일이다. 다른 사람이 내게 친절한 것, 내 응석을 받아 주는 것은 기분 좋은 일이다.

하지만 사랑하는 것은 더욱더 기분 좋은 일이다. 사랑받을 때의 기쁨을 100이라고 치자면 사랑하는 기쁨은 120퍼센트 정도가 된다. 사람의 마음은 그렇게 만들어져 있다. 사람이란 얼마나 멋진 존재인가.

넘치도록 사랑을 받으면 이유 없이 다른 사람을 사랑하고 싶어진다. 그리고 사랑하는 것이 사랑받는 것보다 훨씬 기분 좋기 때문에 적극적으로 사랑하게 된다. 선물을 받는 쪽보다 주는 쪽이 더 기쁜 것처럼 다정함이나 친절도 마찬가지다. 그래서 이 세상에 조건 없는 사랑이란 게 있을 수 있는 것이다. 또한 조건 없는 사랑을 받아본 사람만이 조건 없이 사랑할 수 있다.

아무런 대가를 바라지 않고 다른 사람을 사랑할 수밖에 없는 존재가 인간이다. 다른 사람을 보면 다정해지고 싶은 것이 사람이다. 사람은 원래 타인의 행복을 바라고 타인의 불행을 슬퍼하는 존재다.

그런데 슬프게도 언제부터인지 남의 불행을 바라는 사람이 많아졌다. 요즘 세상에는 타인의 불행을 바라고 타인의 행복을 질투하는 사람들, 무슨 일이든지 대가를 기대하고 행동하는 사람들로 넘쳐 나고 있다. 이 세상에서 조건 없는 사랑이 점차 사라지고 있다.

'값비싼 자동차로 집까지 바래다줄 테니 나를 좋아해줘' '명품을 사줄 테니 나를 사랑해줘' 따위의 속셈 있는 행동만 한다.

친절은 반갑지만 보상을 바라는 친절은 부담스럽다. 지금 당신의 사랑을 상대방이 부담스러워한다면, 당신이 알게 모르게 대가를 기대하고 있는 것은 아닌지 생각해 보라.

삶의 가치는 나 아닌 사람을 얼마나 사랑했느냐에 달려 있다

기쁨을 얻기 위해 사는 사람은 타인을 사랑하는 데서 삶의 가치를 찾는다. 삶의 가치란 나 아닌 사람을 얼마나 사랑했느냐에 달려 있다. 우리는 사랑하기 위해 살아가는 것이다.

생활을 하기 위해서, 육신의 생명을 유지하기 위해서 우리에겐 돈, 학력, 명예, 사회적 지위 등 헤아릴 수 없을 정도로 많은 것들이 필요하다. 하지만 그런 것들이 생명을 빛나게 하지는 못한다. 생명 그리고 마음을 빛나게 할 수 있는 것은 오직 사랑과 신뢰다.

기쁨을 주고받는 것이 삶의 가치라고 했다. 그렇다면 과연 어떤 것이 당신에게 가장 커다란 기쁨을 안겨 줄 수 있을까?

진심으로 다른 사람을 사랑해 본 사람은 사랑이야말로 이 세상에서 가장 확실한 가치라는 것을 안다. 하지만 그 누구도 사랑해본 적이 없는 사람은 눈에 보이고 손으로 만져지는 것만을 믿는다. 심지어 사랑이나 신뢰 같은 것은 신기루 따위로 여겨 도무지 믿으려고 하지 않는다. 내 손에 쥐어진 현금이 훨씬 미더운 존재인 것이다. 사랑은 볼 수도 만질 수도 없는 것이기 때문에, 눈앞에 있는 책상이나 의자, 돈이 훨씬 믿음직하게 여겨지는 것이다.

누구나 자신에게 가장 소중한 일에 시간과 에너지, 돈을 쓴다. 따라서 시간과 에너지, 돈을 어떻게, 어떤 곳에 사용하는가를 보면 그 사람의 인생관을 알 수 있다. 사랑의 의미와 가치를 아는 사람은 다른 사람을 사랑하기 위해 시간과 에너지, 돈을 사용한다.

체면만을 중요시하는 사람은 허세를 부리기 위해, 돈과 명예, 학력을 위해 모든 것을 쏟아 붓는다. 그런 사람들은 비록 자신은 불행할지언정 남들 눈에 행복해 보일 수만 있다면 그것으로 만족한다. 자신이나 가족의 행복보다 체면이 더 소중한 것이다. 인생에서 무엇이 중요하고 무엇이 중요하지 않은지를 모르는 그런 사람의 마음이 황폐해지는 건 당연한 일이다.

마음이 공허한 사람이 자신보다 불행한 사람에게 친절한 법이다

마음이 충족되지 않은 사람은 자기보다 불행한 사람을 좋아하고, 친구가 되고 싶어 한다. 그리고 친절은 좋은 것이라며 상대방이 난처해해도 아랑곳하지 않고 일방적으로 친절을 강요한다. 자기만의 만족을 위해 친절을 강요하는 것이다.

그리고 자신이 그 사람보다 한 수 위라는 우월감을 느끼기를 즐긴다. 이런 사람에게 '너를 위해 …… '라는 말은 실은 '내가 우월하다는 쾌감을 얻기 위해'로 해석할 수 있다. 미안한 말이지만, 다른 사람의 불행을 이용하는 것이다. 그러므로 자기보다 불쌍해 보이는 사람이 필요하다.

상대방을 얕잡아 본 상태에서의 친절을 그가 달가워할 리 없다. '아무튼 나는 너보다 낫다', '너처럼 불행한 사람을 보면 나는 안심이 된다'고 생각하고 있으니 상대방이 그런 친절에 고마워할 리 만무하다. 얕잡아 본다는 것은 강력한 부정적인 감정이므로 요컨대 '나는 저러지 말아야지' 하고 거부하게 된다. 그런 식의 친절에는 기분이 상하게 되어 있다.

가짜 친절(속셈이 있는 친절)과 진짜 친절(사심이 없는 선의의 친절) 사이에는 두 가지 차이점이 있다. 첫째, 진짜 친절은 친절을 베푸는 쪽과 받는 쪽 모두 기쁨을 느끼는 반면에 가짜 친절을 베푸는 쪽은 우월감 때문에 기분이 좋지만, 상대방은 기분이 상하고 우울해진다. 둘째, 가짜 친절을 베풀었는데 상대방이 행복해지면 곧바로 배신감을 느낀다. '나보다 불행해서 친절하게 대한 건데, 나보다 행복해지다니!' 하는 질투에 사로잡힌다.

마음이 충족되지 않은 사람은 자기보다 마음이 충만해 있는 사람을 싫어한다. 공연히 자신의 콤플렉스가 자극받기 때문에 친절의 대상이 자기보다 우월해지는 것을 용서하지 못한다. 그래서 겉보기에 돈과 명예, 학력 등을 모두 갖추고 있지만, 실은 뿌리 깊은 콤플렉스에 사로잡혀 있는 사람은 조심해야 한다.

13

희망이란 타인의 이해와 격려이다

사람을 살아가게 하는 것은 밥이 아니라 희망이다. 희망이 있는 한 사람은 살기 위해 애쓴다. 몇 년 전 요트 조난 사건 때의 일이다. 고무보트로 표류하기를 1주일 정도 지난 어느 날 정찰기가 머리 위로 날아왔다. 그들은 비행기를 향해 손을 흔들며 신호를 보냈으나 정찰기는 조난자들을 미처 발견하지 못하고 돌아가 버렸다. 조난자들은 절망한 끝에 차례차례 죽어 갔는데, 마지막까지 희망을 버리지 않은 사람만이 살아남을 수 있었다.

이런 극한 상황이 아닌 안전한 일상생활의 경우에도 사람을 살게 하는 것은 역시 희망이다. 다만 이때의 희망은 다른 사람으로부터의 이해 혹은 격려이다. 이해와 격려는 삶의 의욕을 만들고, 의욕은 희망을 만들어 낸다. 좌절한다 해도 희망은 든든한 버팀목이다. 사람은 자신이 만들어 내는 희망과 다른 사람이 건네는 격려에 의지해 살아가는 것이다.

인간은 마음속에 있는 것을 드러내고 싶어 하기 마련인데 그것이 자기표현, 곧 예술이라고 할 수 있다. 다른 사람을 대상으로 하여 사랑을 드러내는 것이 바로 연애와 우정이다. 인간은 개성을 표현하거나 발휘하는 데서 기쁨을 느끼고, 그 기쁨은 꿈을 만들어 낸다. 기쁨은 의욕의 원천이므로 큰 기쁨을 주는 일을 계속하려는 것은 당연한 일이다. 좋아하는 일을 계속하면 마침내 희망을 이야기하게 되고, 자신의 꿈을 위해 살아가려 한다. 그 꿈이 '개인을 초월한 꿈'이라면 더욱 이상적이다.

개인을 초월한 꿈이란, 자기 자신의 사명에 뿌리를 둔 꿈이다. 사람에겐 누구나 이 세상에서 해내야 하는 역할이 있고, 가장 큰 기쁨은 그 사명을 완수하는 것이다.

모든 사람의 마음속 깊은 곳에는 공감이 자리 잡고 있고, 따라서 꿈을 성취하면 주위 사람들도 행복을 느낀다. 어른이 되어도 자신의 꿈이 무엇인지 모르는 사람은 불행하다고 할 수밖에 없다. 자신의 꿈을 갖고 있는 사람만이 다른 사람이 꿈을 이루도록 응원하고 도울 수 있는 사람이다.

14

인간관계 때문에 괴로워하는 이유는
사랑할 능력이 있기 때문이다

인간관계로 속을 태우는 사람은 정말 많지만, 정작 그 문제에 대해 진지하게 고민하는 사람은 전체의 10퍼센트 정도에 불과하다. 나머지 90퍼센트는 입으로만 고민한다. 10퍼센트의 사람은 다른 사람을 사랑하고 싶지만 사랑할 수 없어서, 마음의 교류를 하고 싶은데 그러지 못해서 괴로워한다. 사실 이렇게 괴로워하는 까닭은 우리에게 나 아닌 다른 사람을 사랑할 능력이 있기 때문이다. 그런 능력이 아예 없는 사람은 인간관계 대문에 그렇게 고민하고 애태우지 않는다. 애당초 다른 사람과 원만하게 지내려는 의욕이 없기 때문이다.

인간관계로 인한 고민의 메커니즘은 이렇다. 사랑할 능력은 100을 갖고 있는데 지금 타인에 대한 사랑의 양이 3이나 5정도밖에 안 된다. 그래서 나머지 97이나 95 때문에 고민하는 것이다.

사랑하고 싶지만 사랑할 수 없어서 하는 고민, 얼마나 멋진 고민인가!

우선 그런 고민을 하고 있는 자기 자신에 대해 긍지를 가져라. 다른 사람을 깊이 사랑할 수 있는 개성을 갖고 태어났다는 것에 대해 감사하라. 당신에겐 남들이 체득하지 못하는 것을 느끼고 기쁨과 감동을 맛보는 능력이 있으니 말이다. 그 능력으로 인해 남들보다 두 배는 더 아픈 상처를 받을 수도 있지만, 남들보다 두 배는 즐거운 기쁨과 감동을 맛볼 수 있지 않은가.

고민이 많은 사람은 다른 사람의 10배, 아니 100배 되는 기쁨의 삶을 사는 사람이거나 10배, 100배 되는 괴로움과 슬픔의 삶을 사는 사람이거나이다.

사실 고민이란, 더 행복해지라는 하늘의 메시지이다. 미래를 믿고, 자신을 믿고, 사람을 믿고 노력하면 언젠가 반드시 원하던 삶을 이룬다. 믿지 않고 노력하지 않으면 열매가 없지만, 믿고 노력하면 반드시 열매가 열린다. 이런 점에서 세상은 아주 공평하다.

15 실컷 상처 받는 것이 마음의 상처를 치유하는 지름길이다

어린 시절 가슴 아픈 경험을 많이 한 사람은 더 이상 상처 받고 싶지 않아서 비슷한 경험을 하면 곧 잊으려고 애쓴다. 비참한 기분을 느끼고 싶지 않은 것이다. 그래서 자신의 진짜 마음과 마주하기가 두려워서 보고도 못 본 척한다.

그러나 그렇게 한순간 상처를 피할 수는 있겠지만, 마음 깊은 곳에는 그 사건이 또렷하게 각인되어 있어서 시간이 지나면 점점 우울해진다. 몇 번씩 슬픔이 북받치고 느닷없이 불안해지고 눈물이 난다. 사라졌어야 할 슬픔의 기억이 샘물처럼 불안과 분노를 계속 분출하는 것이다.

이 문제를 해결하는 지름길은 이열치열의 원리처럼 우선 실컷 상처 받는 것이다. 괜찮다! 당신은 이미 상처 받았으므로 더는 상처 받을 일이 없다. 상처를 재확인하고, 상처를 똑바로 응시하기를 피하기 때문에 두고두고 아픈 것일 뿐이다.

상처를 뚫어지게 응시하고 다시는 일어서지 못할 것처럼 상처 받으라. 그러면 자기 자신의 진짜 감정이 서서히 보일 것이다. 그것이 바로 당신의 진실이다.

자신의 진짜 마음을 알게 되면 상대방의 마음도 알 수 있다. 왜 상대방이 나에게 모질게 굴었는지, 그 마음의 이면을 볼 수 있다. 상대방에게 무엇을 해주고 싶은지를 저절로 알게 되는 것이다. 상대방을 때려 주고 싶다거나 무시하고 싶다는 등의 생각이 떠오를 것이다.

'나는 어떻게 해야 하는가'가 아니라 '나는 어떻게 하고 싶은가'를 발견하는 것이 중요하다. 나의 진실, 즉 진짜 마음과 마주하면 자연스럽게 그것을 깨달을 수 있을 것이다.

모든 고민은 '나 혼자' 뿐이라는 데서 생긴다

세상에는 남에게 상처를 주는 말을 무심코 뱉는 사람들이 꽤 있다. 우리는 종종 그런 말을 듣고 상처를 받으면 회사에 가고 싶지 않다거나 학교에 가기 싫다는 식으로 고민하기 시작한다. 그러나 한탄하고 슬퍼하는 것으로는 문제가 해결되지는 않는다. 엉뚱한 사람에게 화풀이를 한다 해도 결국에는 씁쓸한 기분이 들 뿐이다.

회사나 학교에 가기 싫은 이유는 사실상 자신이 어떻게 하고 싶은지를 모르기 때문이다. 아니, 정확하게 말하자면 가는 것이 두려운 것이다. '나는 어떻게 해야 하는가'를 안다 해도 두려움은 사라지지 않는다. 하지만 '어떻게 하고 싶은가'를 알면 더 이상 두렵지 않다. 자신의 마음을 모르기 때문에 회사나 학교에 가기 싫은 것이며, 상대방이 두려워서가 아니라 내 마음을 나도 모르기 때문에 싫은 것이다.

앞에서 과감하게 상처 받고 자기 자신의 진짜 마음을 알고 그때그때 솟아나는 감정에 충실하라고 충고했다. 그렇게 자신의 마음 상태를 먼저 알아야 한다. 그래야 두려움에서 벗어날 수 있다. 거꾸로 말하자면 내가 나의 진심을 모르기 때문에 타인을 대하기가 무서운 것이다.

다만, 실컷 상처 받기 위해서는 버팀목이 되어 줄 사람이 필요하다. 자신을 이해하고 격려해 주는 사람 말이다. 그런 사람의 지지가 없으면 큰 상처를 받고 견뎌 내기가 쉽지 않다.

'백지장도 맞들면 낫다'라는 말은 물건에만 적용되는 것이 아니다. 슬픔도 마찬가지이다. 누군가가 자신의 슬픔에 공감해줄 때 슬픔은 반이 된다. 그래서 사람에게는 사람이 필요하다.

혼자 사는 것보다는 둘이 서로 의지하면서 사는 것이 좋은 것은 당연하다. 친구를 사귀고, 좋은 사람과 결혼하고 싶어 하는 이유가 바로 그것이다. 우리가 하는 고민의 대부분은 의지할 사람이 없다는 것 때문에 생기는 것이다.

17

현실로부터 도피가
실패와 불행의 첫 번째 원인이다

환상 속에서 살아가는 사람은 환상과 현실을 구분하지 못한다. 환상 속에서 행복을 찾으려 하기 때문에 언제나 실패한다. 백마 탄 왕자님을 기다리는 사람일수록, 그리고 자신은 어리석지 않다고 생각하는 사람일수록 이 세상 어딘가에 자신을 행복의 나라로 데려가 줄 사람이 반드시 있으리라 믿고 기다리는 법이다.

하지만 아무리 기다려도 그런 사람은 나타나지 않는다. 우리 인생에 저절로 굴러들어 오는 호박은 없다. 인간관계는 우연이 아니라 필연이다. 멋진 사람과 만날 필연이 없으면 그런 만남의 기회가 온다 해도 그 기회를 100퍼센트 살릴 수 없다. 현실 속에서 성실하게 노력하는 사람만이 그런 필연적인 만남을 이룰 수 있으며 또한 그 기회를 살릴 수 있다.

왜 재수 없게 나한테만 괴롭고 슬픈 일이 일어나느냐고 우리는 한탄한다. 그리고 '이 현실은 환상이거나 거짓이고 어딘가에 나를 위한 진짜 현실이 있을 거야'라며 스스로에게 거짓된 설득을 한다.

그리고 그 환상의 세계를 만들어 놓고는 그곳으로 도망가려고 한다.

그러나 이것은 자기기만에 불과하다. 현실을 직시하면 너무 힘겨우니까 환상의 세계로 도피하려는 것이다. 처음엔 일시적이었다가 어느새 매일 도피하게 된다. 스스로 거짓말을 하고 스스로 속아 넘어간다. 슬슬 불안해하면서도 마치 무언가에 씌운 것처럼 자신에게 거짓말을 거듭하게 된다.

무엇이든 정도가 지나치면 중독이라고 부른다. 스스로 그만두려 해도 그만둘 수 없는 것이 중독의 특징이다. 알코올 중독, 게임 중독, 쇼핑 중독, 인터넷 중독 따위가 모두 그렇다. 빠져 드는 대상은 다르지만 현실로부터 도피하려는 마음 때문이라는 점은 똑같다.

행복은 현실을 직시하는 데서 시작된다는 것을 잊지 말라.

18 환상에 빠진 바보는
눈앞의 행복도 놓쳐 버린다

괴롭다는 이유로 현실을 똑바로 보기를 피한다면 삶의 가장 근본적인 문제 중 하나인 '나는 무엇을 하고 싶은가'를 알 수 없다. 그냥 '나는 어떻게 해야 하는가' 하는 의무감에 사로잡혀 행동하게 된다. 분명 의무를 다하면 비난은 모면할 수 있다. 하지만 의무를 다하는 것만으로 내가 살아 있다는 것을 실감할 수는 없다. 자칫하면 자신의 존재마저 환상으로 여기게 될 수도 있다.

환상이란 상상의 세계이다. 공상 속의 음식이라고나 할까, 공상의 음식은 아무리 먹어도 배부르지 않다. 현실을 바로 보지 않는 사람은 상상 속의 음식을 추구하는 사람과 같다. 내가 살아 있다는 것을 실감하지도 못하고 기쁨도 맛볼 수 없는 것이 당연하다.

현실을 있는 그대로 받아들이고 현실 속에서 기쁨을 얻는 사람은 환상을 좇지 않는다. 하지만 환상을 현실이라고 믿는 사람은 현실의 기쁨까지 환상으로 보기 마련이다. 현실에 두 발을 단단히 딛고 살아가는 사람은 한번 잡은 행복을 절대로 놓치지 않지만, 환상

속에서 살고 있는 사람은 눈앞의 행복도 놓치고 만다. 그것이 가짜라고 생각하여 놓치는 것이다. 그런 사람은 입버릇처럼 "아, 행복해지고 싶어"라고 말한다. 그러나 스스로 행복을 놓치는 것이 바로 불행임을 알아야 한다.

현실 속에 사는 사람은, 누가 현실에 사는 사람이고 누가 환상에 사는 사람인지를 구별할 수 있지만 환상 속에서 살아가고 있는 사람은 그러지 못한다. 오히려 현실에 사는 사람이 가짜로 보여 가짜를 진짜로 착각하여 가까이 한다. 친구든 연인이든 모두 이런 식으로 선택하고 하찮은 것에 감격하며 마음을 충족시키지 못하는 것에 집착한다.

환상에서 현실로 돌아가려면 자신의 희로애락을 직시해야 한다. 상처를 입을까 두려워서 자신의 감정을 똑바로 보지 않으면 나도 모르는 사이에 환상으로 떨어지고 만다.

남이 나를 평가하는 순간
고통이 시작된다

사람은 원래 다른 사람의 평가를 받는 존재가 아니다. 타인이 나를 평가하는 순간부터 고통이 싹튼다. 이 세상에서 자신을 평가할 수 있는 유일한 사람은 바로 자신이다. 따라서 어디까지가 제멋대로 행동하는 것이고, 어디까지가 자기 마음에 충실히 따라 행동하는 것인지를 구분하는 선을 긋는 일 역시 이 세상에서 나밖에 할 수 없는 일이다.

남에게 좋은 평가를 받으려고 노력하다 보면, 나를 좀 더 높이 평가해 주었어야 마땅하다는 불만이 생기게 된다. 인간은 원래 자신이 쏟아 부은 노력보다 10배의 칭찬을 기대하기 때문이다.

자신의 재능을 의심하는 것 또한 자신에 대한 평가를 남에게 맡기기 때문에 일어난다. 기대한 만큼의 평가를 얻지 못하면 자신에게는 재능이 없다고 비관하게 된다. 게다가 부정적으로 평가되면 '정말 나는 재능이 없나 보다'라는 결론에 이르게 된다.

자신의 재능을 의심하지 말라. 좋아하는 일을 하다 보면 금방 능숙해질 것이다. 바꿔 말하면 재능이 있기 때문에 그 일을 잘 하게 된 것이다.

　인정받느냐 못 받느냐와 상관없이 재능은 있기 마련이다. 다만 요즘 세상이 돈이 되는 재주를 재능이라고 부르고, 그렇지 않은 것은 그냥 개성이라고 부를 뿐이다. 자신의 재능에 의문을 품는 것은 이 세상에서 해야 할 역할을 아직 맡지 못했기 때문이다. 어떤 것을 좋아하여 무아의 경지에 이를 때까지 계속하다 보면 언젠가 자신이 이 세상에서 해내야 할 사명과 만나게 된다. 자신에게 주어진 사명을 완수하면 그것은 곧 긍지가 된다.

　긍지를 갖고 살아가는 사람은 세상의 평가 따위는 신경 쓰지 않는다. 많은 기쁨을 내 것으로 만든 자기완성의 상태이기 때문이다. 그리고 그것을 근거로 자기 자신에 대한 평가를 내릴 수 있기 때문이다. 남들로부터 칭찬 받으면 기분이 좋은 건 사실이지만 설사 혹평을 듣는다 해도 자신감을 갖고 무시하라.

　'나의 가치는 나 스스로 결정한다.' 이것이 자부심 높은 사람의 가치관이다.

20 적당한 행복 같은 것은 없다

이 세상에는 두 종류의 사람이 있다. 타인에게 기쁨을 주는 사람과 불쾌감을 주는 사람이다. 전자는 일상의 행동 중에서 다른 사람에게 기쁨을 주는 행동이 60퍼센트를 넘는 사람이며, 후자는 다른 사람을 불쾌하게 만드는 행동이 60퍼센트를 넘는 사람이다.

다른 사람에게 기쁨을 주는 행동을 하는 사람은 나이가 들수록 점점 기쁨이 커지는 삶을 누린다. 주변 사람들이 행복을 가져다주기 때문이다. 그러므로 상대방에게 감사와 존경을 표시하는 삶을 산다. 반대로 다른 사람에게 불쾌감을 주는 사람은 주위 사람들 때문에 늘 불쾌한 인생을 산다. 그는 날이 갈수록 불쾌한 일이 점점 많아지는 삶을 살 것이다.

삶은 행복 아니면 불행 중 어느 한쪽일 뿐이며 그 중간은 있을 수 없다. 그저 그런 행복이라는 것은 있을 수 없다. 그럭저럭 행복한 편이라는 생각은 실은 '나는 불행하다'고 하는 것과 같다.

불행한 사람일수록 자신의 불행에 관심을 기울이지 않는다.

행복이 무엇인지 모르기 때문에 불행이 무엇인지도 모른다. 따라서 자신이 불행하다는 것조차 모르는 것이다. 물론 자신이 다른 사람에게 거부와 불신의 신호를 보내고 있다는 것도 깨닫지 못한다. 그래서 내 잘못을 알지 못해 불쾌한 일이 일어나면 당장 남의 탓으로 돌린다.

그러나 다른 사람을 탓하는 한 절대로 행복해질 수 없다. 타인을 탓한다는 것은 거부와 부정의 신호이다. 사람들, 특히 애정이 깊은 사람일수록 남의 탓만 하는 사람을 싫어하고 멀리하기 때문에 남의 탓만 하는 사람은 더욱 불행해진다. 불행한 사람일수록 주위 사람을 원망하는 이유는 바로 이 때문이다. 이것은 행복한 사람일수록 주위 사람에게 감사하는 것과 정반대이다. 마음으로부터 고맙다고 말할 수 있는 사람이야말로 강하고도 다정한 사람이다.

21

자신의 불행이 무엇인지
아는 데서부터 행복은 시작된다

앞에서 불행한 사람일수록 행복이 무엇인지 모르기 때문에 설령 행복을 손에 넣는 순간이 와도 그 가치를 발견하지 못하고 놓치고 만다고 했다. 왜 불행한 사람은 자신이 불행하다는 사실을 깨닫지 못하는 걸까?

이유는 세 가지다. 첫째, 눈에 보이는 것, 즉 브랜드, 학력, 돈, 지위, 명예 같은 것에만 눈을 돌리기 때문이다. 눈에 보이지 않는 것, 이를 테면 사랑, 용기, 다정함 같은 것은 가볍게 여긴다. 보이는 것만 보는 반작용으로 브랜드나 학력, 돈, 권력에 이상하리만큼 집착한다. 그러나 정작 그런 것에 집착하는 자신의 추한 모습은 보질 못하기 때문에 자신이 불행하다는 사실을 자각할 수 없는 것이다.

둘째, 불행한 생활을 하고 있으면서도 '인생이란 이런 거야' 하고 착각하기 때문이다. 다른 사람도 모두 그럴 거라고 믿어 버리는 것이다. 그런 사람은 기쁨과 감동의 멋진 세계가 이 세상에 있다는 것을 모른다. 기쁨의 세계를 모른다는 것이야말로 불행하다는 것을 증명한다.

셋째, 자신의 진심이 무엇인지 몰라 공허를 느끼긴 하지만 그에 대한 문제의식이 낮기 때문이다. 따라서 시간과 에너지, 돈을 진정한 기쁨을 얻는 데 사용하는 게 아니라 엉뚱한 데 사용한다. 우리에게 시간은 한정되어 있다. 그러므로 무언가를 한다는 것은 다른 무언가를 하지 않는다는 것을 의미한다. 즉 그런 잘못된 행동을 하고 있으니 행복해지는 행동을 하지 못하는 것이다.

불행이 무엇인지 아는 사람만이 이 세상에서 가장 소중한 것이 무엇인지를 안다. 그리고 그런 사람만이 다른 사람에게 삶이 무엇인가를 가르칠 수 있다.

22

사랑의 속성은
물감처럼 번진다는 것이다

남녀의 사랑이란, 서로의 능력을 성장시키는 인간관계를 사랑이라 가리킨다. 그러므로 바람직한 사랑을 하면 연인은 물론이고 다른 사람도 다정하고 친절하게 대하고 싶어진다. 사람은 자신이 받은 대로 행동한다. 사랑을 받으면 괜히 다른 사람도 사랑하고 싶어지고, 학대를 받으면 다른 사람도 학대하게 된다. 우정도 마찬가지다.

만약 어떤 연인이, 어떤 부부가 참된 사랑을 하고 있다면, 서로 사랑하면 사랑할수록 두 사람은 주변 사람들을 사랑하려고 한다. 주위의 모든 사람은 그들에게서 친절과 은혜를 입는다. 서로 사랑하는 젊은 커플로부터 행복의 동그라미가 넓어져 가는 것이다. 이것이 결혼을 축복해야 하는 까닭이다. 모두에게 다정하게 대하고 싶어지는 사랑이 아니라면 진짜 사랑이라고 할 수 없다.

남자 친구나 남편(혹은 여자 친구나 아내)과 함께 있는 것이 왠지 불안하거나 다른 사람에게 화를 내는 일이 잦아진다면 자기 자신을

인간관계의 지혜

반성해 볼 필요가 있다. 사랑 대신 분노를 느끼고 있다는 증거이기 때문이다. 함께 있을 때에는 즐겁다가 헤어지고 나면 공연히 불안해지기 시작하는 것 또한 조심해야 한다.

인간이란 타인에게 친절하지 않을 수 없는 존재다. 그런 본래의 마음을 서로 키워 주는 것이 연애와 우정이라 하겠다.

그저 한 무리에 있는 사람을 친구라 부르지 않고, 외로움을 견딜 수 없어 함께 있을 뿐인 남녀관계도 연인이라고 부르지 않는다. 둘 말고 다른 사람에게도 다정할 수 있어야 진정한 인간관계라고 할 수 있다. 진짜 사랑은 모두를 행복하게 만드는 힘을 갖고 있다. 주위 사람에게 괴로움을 주는 행동을 하는 것은 사랑이 아니라 분노를 하고 있다는 증거이다. 친구, 연인, 배우자에게 사랑 아닌 분노를 느끼는 사람은 남에게 상처와 고통을 주는 존재가 되어 간다.

23

당신의 자존심이라는 갑옷을
사랑해 줄 사람은 아무도 없다

'이제 더 이상 비참해지고 싶지 않아'라고 생각한 적이 있을 것이다. 자존심이라는 갑옷을 입고 상처로부터 자신을 지키기 위해서이다. 그런데 자존심이라는 갑옷으로 무장하고 자신을 보호하려고 하면 할수록 자기 자신으로부터 거부의 신호가 나오게 된다. 그러한 거부의 신호는 그 누구보다 자신에게 가장 큰 사랑을 쏟아 붓고 있는 사람에게 큰 상처를 입히게 되어, 결국 마음이 따뜻한 사람들이 주변에서 사라져 간다.

이런 일이 거듭되면 곁에 제대로 된 사람이 모일 리가 없다. '정말 믿을 사람이 없다'고 생각한다면, 그것이야말로 지각 있고 이해심 있는 사람을 스스로 멀리하는 일이다.

역설이지만 사람은 타인을 사랑함으로써 자신을 지킬 수 있다. 사랑할 때 사람은 무방비 상태가 되지만, 분노보다 강한 힘으로 자신을 지킬 수 있다. 그러나 사랑이 부족한 사람의 눈에 그것은 매우 위험한 행위로 비친다. 사랑이라는 무방비 상태에서 상대방의 공격을 정면으로 받기 때문이다. 우리가 마음을 연 만큼 상처로 지쳐 가는 것은 사실이다.

　사랑에는 딜레마가 따른다. 사랑하지 않는 사람은 마음을 열지 않기 때문에 자신의 사랑을 상대방에게 전할 수 없으며, 또 사랑을 받을 수도 없다. 마음을 열기 위해서는 사랑이 필요한데 자존심이라는 든든한 갑옷으로 사랑을 거부하고 있으니 도무지 사랑이 비집고 들어갈 틈이 없는 것이다. 불신이 강한 사람은 '무심코 마음의 문을 열었다가 상대방이 공격하면 깊은 상처를 받게 될 거야. 그런 위험한 짓은 할 수 없어'라고 생각한다. 그리고 오만하게도 '내게 절대로 상처를 주지 않겠다고 맹세하면 당신에게 마음을 열어 줄게'라고 생각한다.

　하지만 그런 것을 맹세하고 사랑해 줄 사람은 이 세상에 한 사람도 없다. 그런 오만한 조건을 다른 사람에게 들이밀면서도 사랑할 만한 사람이 없다고 불평을 늘어놓는 것이 바로 '자존심 강한' 사람들이다. 그들은 절대로 사랑의 딜레마에서 벗어날 수 없다.

24 위로는 사흘도 못가지만
격려는 평생을 간다

겉으로만 상대방을 위로하고 상처를 어루만져 주는 것은 아무래도 내키지 않는 행동이다. 다른 사람에게서 동정을 받으면 그 순간은 마음이 가벼워지고 편안해지지만 그 안도감은 사흘도 못 간다. 동정이나 위로는 삶의 에너지원이 되지 못하는 것이다.

삶의 힘과 의지는 위로가 아니라 격려에서 나온다. 격려의 기본은 공감이다. 공감과 동정은 닮은 것 같지만 엄연히 다르다. 하지만 우리는 공감이 아닌 동정을 친밀한 관계의 징표라고 착각한다. 하지만 동정은 상대방을 내려다보는 마음이 하는 행위이자 자신이 우월하다는 쾌감을 얻을 수 있기 때문에 가능한 행위라는 것을 알아야 한다.

진정한 공감은 상대방의 아픔이 자신의 아픔이 되고, 상대방의 기쁨이 자신의 기쁨이 되는 것을 말한다. 자신과 상대방이 동등하기 때문에 당연히 상대방의 행복을 바라게 된다. 이것이야말로 바로 공감이다. 100퍼센트 순수하게 상대방의 행복을 바랄 수 있

인간관계의 지혜

기에 그것은 최고의 격려가 된다.

　진심 어린 격려의 말은 평생의 보물로 가슴에 간직할 만한 것이다. 진정한 격려는 푸념과 한탄으로부터 자신을 지켜 준다.

　이런 격려조차 믿을 수 없다고 하는 사람은 아직 진심으로 누군가를 좋아한 적이 없는 사람이다. 서로의 꿈과 희망을 북돋우고 응원하는 것이 격려의 참뜻이다.

25

사랑이 없는 사람은
세상 어디에도 머물 곳이 없다

우리의 보금자리는 누군가를 사랑할 때 상대방과 자신 사이에 생기는 공간이지 사랑을 받을 때 만들어지는 공간이 아니다. 다른 사람의 행복을 바라고 다른 사람의 불행을 슬퍼할 수 있는 사람은 전 세계 어디를 가도 보금자리가 있다. 자신이 머무는 곳이 세상에서 가장 편안한 장소이기 때문이다.

불안과 분노는 사랑의 반대다. 마음에 분노가 있는 사람은 다른 사람을 사랑할 수 없다. 상상해 보라. 언제나 회사에서 불안해하며 엉뚱한 사람에게 화풀이를 하는 사람이 집에서는 아내와 아이를 사랑하는 사람으로 돌변할 수 있을까?

분노와 사랑은 양립할 수 없는 감정이다. 분노는 명백히 사랑의 반대다. 사랑은 아프리카 오지에서도, 서로의 언어를 알아듣지 못하는 곳에서도 통한다.

대단한 학력과 엄청난 명예가 있다 해도 상대방을 배려하는 사랑이 없다면 아프리카 마사이 족에게는 통하지 않는다고 한다.

인간관계의 지혜

심한 말이지만, 창에 찔려 죽을지도 모른다. 자긍심이 높기로 유명한 마사이 족과 만나는 순간부터 가까워질 수 있을 만한 따뜻한 마음을 갖고 있는 사람이야말로 이 세상 어디에나 머물 수 있는 사람이다.

다른 사람의 행복을 바라고 다른 사람의 불행을 슬퍼하는 마음, 그리고 지혜와 사랑, 용기 그리고 감사의 마음이 있다면 세계 어디에 가도 즐겁게 지낼 수 있다.

아프리카 오지에서조차 통하는 이런 사랑을 소중하게 여기지 않는다면 어디엔들 머물 수 있으랴. 당신은 대체 무엇을 소중하게 여기며 살고 있는가?

26 서로 대등해야 서로 기댈 수 있다

상대방을 안심시키는 사람은 두 종류가 있다, 그리고 안심에도 진짜와 가짜가 있다.

진짜 안심은 상대방이 수용의 신호를 보내고 있는 경우다. 무조건적인 사랑을 받으면 사람은 쓸데없이 허세를 부리거나 자존심으로 무장하여 자신을 지키려고 하지 않는다. 굳이 그럴 필요가 없기 때문이다. 있는 그대로의 자신으로 충분하다. 무방비 상태에서도 안심할 수 있다. 설사 약점을 보인다 해도 경멸당하거나 흠이 잡힐 걱정을 하지 않는다. 안심하고 무엇이든 이야기할 수 있고, 함께 있으면 마음이 편하다. 사랑과 신뢰로 결합되어 있기 때문이다.

가짜 안심도 나름대로 사람을 안심시킨다. 이 점이 우리를 헷갈리게 만든다. 상대방을 얕잡아 보고, 상대방의 상처를 하찮게 여기면서도 자신이 절대적 우위에 서 있기 때문에 안심한다. 아무튼 나는 상대방보다 한 수 위라고 마음을 놓는 것이다. 좋지 않은 모

습을 보인다 해도 상대방보다 항상 우위에 있으므로 안심하고 자
신을 속속들이 드러낼 수 있는 것이다.

상대방을 깔보고 있기 때문에 자신의 비밀마저 주저 없이 털어
놓을 수 있다. 하지만 비밀을 공유하는 것이 우정이나 사랑의 증거
는 아니다. 나의 바람직하지 않은 면을 이야기한다 해도 우월감에
젖을 수 있으니 그렇게 하는 것일 뿐이다.

진짜 안심과 가짜 안심은 무척 비슷하지만, 결정적인 순간에
그 차이가 여실히 드러난다. 긴급한 사태가 벌어졌을 때 진정으로
격려해 주는 사람은 사랑과 신뢰로 이어져 있는 사람뿐이다. 서로
얕잡아 보면서 상처만 어루만지는 데 급급한 관계라면 어려운 처
지에 처했을 때 서로 의지할 수 없다. 자신을 대등하게 여기지 않
는 사람에게 어떻게 의지할 수 있겠는가? 당연한 말이지만 평상시
가 아니라 위기 속에서도 친구일 수 있는 사람이 참된 친구다.

27

외로움으로 외로움을
채울 수는 없다

단지 외롭다는 이유만으로 누군가와 함께 있으면 가짜 안심을
느낄 수 있다.

재미있게도 그런 사이라는 것은 모두가 외로운 사람으로 이루
어져 있고, 또한 배타적이다. 외롭지 않는 사람이 곁에 있으면 열
등감이 자극받기 때문에 배제하는 것이다. 하지만 외로운 사람이
몇백 명 모여 서로 위로한들 누구 하나 치유되지 못한다. 외로운
사람은 외로운 사람의 마음을 치유할 수 없다. 따라서 혼자 있어도
외롭지 않은 상태가 되기 전에 결혼하게 되면 인생을 즐길 수도, 서
로 격려할 수도 없게 된다.

결혼에 대해 더 깊이 생각해 보자. '혼자'라는 게 두려워 결혼
을 하는 경우도 많다. 그래서 상대방이 외로움을 해소해 주기를 기
대한다. 하지만 결혼해도 여전히 외롭다고 푸념하고 자신과 상대
방을 외롭게 만들 뿐이다. '혼자'라는 것을 즐길 수 있는 사람이 '둘'
이라는 상황도 즐길 수 있는 것이다.

사람은 타인의 격려 없이는 삶을 살아갈 힘을 낼 수 없다. 그리고 남을 격려할 수 있는 사람은 외롭지 않은 사람이다.

그러나 외로움을 똑같이 외로운 사람으로 달래려 하면 안 된다. 외로움을 외로움으로 채울 수는 없는 법이다. 기쁨을 나누고 서로 공감해야 인생을 즐길 수 있다. 기쁨을 나누는 기쁨을 알아야 비로소 '인간관계'가 무엇인지를 이해할 수 있다.

여기에도 딜레마가 있다. 사람은 타인의 격려 없이는 즐거운 일을 할 의욕이 나지 않는다. 즐거운 일을 하지 않으면 나눌 기쁨도 없기 마련이고, 따라서 공감은 꿈도 꾸지 못한다. 그리고 그런 악순환이 되풀이된다.

28 즐거운 것과 즐거운 척 하는 것은 분명히 다르다

즐거운 일을 하고 있는데도 피로를 느낀 적이 있을 것이다. 사실 즐겁다고 생각하는 일이 피로의 원인이 되는 경우가 적잖다. 잘될 거라고 생각해서 하고 있는데 그것이 원래 내가 하고 싶은 일이 아닐 경우에도 그렇다. 하고 싶지 않은 일을 하니까 지치는 것은 당연하다. 자신의 속마음에 어긋나는 일을 하면 지치기 마련이다.

자신이 즐겁다고 여기는 것이 정말로 마음 깊은 곳으로부터 즐겁다고 느끼고 있는 것인지, 핑계나 변명을 늘어놓지 말고 찬찬히 따져 보기 바란다. 진심으로 즐겁게 느끼고 있다면 '좋아. 그걸로 됐어'라고 스스로에게 선언할 수 있을 것이다. 당신은 가슴을 펴고 그렇게 자기 자신에게 말할 수 있는가? '어쩔 수 없이 해야 돼'라는 식으로 자기 자신에게 변명하고 있지는 않은가?

특별한 이유 없이 피곤한 것은 사람과의 만남에서도 자주 있는 일이다. 이 사람과 함께 있으면 즐겁다고 생각해 왔는데 왠지 답답해진다. 이야기를 하고 있는 동안에는 분위기가 좋았는데 헤어지고 나니 기분이 가라앉는다 … .

우리는 끊임없이 자신에게 핑계를 대기 때문에 자신이 지치고 우울한 진짜 원인을 좀처럼 깨닫지 못한다. 좋아하는 사람과 함께 있으니 그럴 리가 없다거나 이렇게 즐거운데 피곤한 것은 컨디션이 나빠서라는 등의 이유를 만들어 내는 것이다.

이것은 사람의 만남이라는 것에 대해 근본적으로 착각하고 있고, 함께 시간을 보내야 할 사람이 진정 누구인지를 착각하고 있기 때문이다. 예를 들어 가정 폭력의 상황에서 인질이 인질범의 정서에 동화되는 스톡홀름 신드롬* 같은 것에 빠져 있으면 폭군 같은 친구와 같이 있고 싶어진다. 그래서 기꺼이 비굴한 노예가 되는 것이다. 무의식 속에 자신을 억누르고 상대방이 하라는 대로 행동한다. 이런 상황에서 지치는 것이 당연하지만, 아무튼 잘 될 거라고 생각할 뿐 자신을 지치게 만드는 폭군에게서 벗어나지 못하는 것이다.

* 인질이 납치나 강도를 당했을 때 범인과 장기간 함께 지내면서 범인에게 연민을 느끼고 동조하게 되면서 범인을 잡으려는 경찰을 오히려 적대시 하는 심리현상을 말한다.

HUMAN RELATIONSHIP

배구공을 보아야지,
거기 붙은 껌은 왜 보고 있나

사람이 배구공이라면, 결점이란 거기에 붙은 껌처럼 사소하다. 그럼에도 불구하고 상대방의 결점이 점점 싫어지는 것은 배구공, 즉 개성은 보이지 않고 결점만 눈에 들어오기 때문이다. 상대방의 좋은 면을 보려는 마음의 자세가 없는 사람은 상대방의 결점을 보는 데 에너지를 낭비한다. 그리고 일부러 결점을 보고는 기분 나빠한다.

다른 사람의 결점이 점점 싫어지는 이유는 무엇일까?

자신의 아름답지 못한 부분이나 콤플렉스를 직시하지 못하는 것은 비겁한 일이다. 나의 치부를 용납하지 못하기 때문에 다른 사람의 치부도 용납할 수 없는 것이다. 그래서 자신과 마찬가지로 약점이나 치부를 가진 사람을 보면 까닭 없이 불안하다. 게다가 자신처럼 자신의 약점이나 치부를 보지 못하는 사람과 만났을 때는 한층 더 불안해한다.

이런 경우 어떻게 해야 할까?

답은 다름 아니라 용기를 갖고 자기의 약점이나 치부를 직시해야 한다는 것이다. 포기하지 않고 계속 응시하면 이윽고 자신이 지닌 개성이 보이게 된다. 대부분 그것은 멋진 개성이기 때문에 '어, 나도 꽤 쓸 만한 사람이잖아' 하고 절감하게 된다. 그 순간 자신의 약점이나 치부가 티끌만큼이나 하찮은 것이라는 사실을 저절로 깨달을 수 있다.

그러면 그 시점부터 남의 결점에 신경 쓰지 않게 된다. 자신의 결점을 용서할 수 있으면, 다른 사람의 결점도 용서할 수 있다. 뿐만 아니라 한걸음 나아가 다른 사람의 좋은 점을 발견하고 싶어진다. 자기 자신의 아름답지 못한 구석과 싸워서 극복해 낸 사람만이 다른 사람의 장점을 찾을 수 있다. 그렇지 못한 사람은 다른 사람의 뛰어남과 아름다움을 질투할 수밖에 없다. 질투는 다른 사람의 개성을 망가뜨릴 수 있는 위험한 폭탄이다.

개성을 찾고 개성을 키울 수 있도록 돕는 것이 사랑이다. 자기의 아름답지 못한 부분을 직시할 수 없는 사람은 타인을 사랑할 수 없다. 용기가 없는 사람은 사랑도 없는 사람이다.

30 게으름뱅이에게는 게으름이 행복일까

편한 것이 행복이라면 얼마나 좋을까? 게으름뱅이는 게으름을 피우기만 하면 행복할 수 있으니까 말이다.

하지만 편한 것이 행복은 아니다. 안락함이 좋은 것이기는 하나, 사람은 자신의 개성과 재능을 최대한 발휘하고 있을 때 행복을 느낀다. 살아 있다는 실감, 살아가고 있다는 감동을 느끼는 것은 자신의 개성을 최대한으로 발휘하고 있을 때다. 예전에 여성들은 남성이 열심히 일하는 모습이 가장 매력적이라고 말했다. 요즘은 많은 남성들도 열심히 일하는 여자가 매력적이라고 말하는 시대가 되었다.

이처럼 개성과 재능을 발휘하는 모습이란 편한 상태와는 다르다. 몸과 마음이 편안한 상태이긴 하지만 기쁨을 얻기 위해 무언가에 열중하고 있는 모습이다. 겉모습은 담담해 보일망정 마음속에는 정열이 가득 차 있다.

사람이라면 누구나 좋아하는 것에 정열을 쏟을 수 있다. 정말 좋아하는 일을 하고 있다면, 마냥 편한 것이 좋다고 말하지 않는다. 좋아하는 피아노를 치고 있는데, 좋아하는 그림을 그리고 있는데 게으름을 피울 리 만무하다. 사람은 좋아하는 일에 완전히 몰두하는 경지에 이르렀을 때, 개성을 최대한 발휘하는 순간 가장 그 사람다워진다.

자신의 아름답지 못한 부분을 인정하기란 무척 힘든 일이라서 그 괴로움을 견딜 수 없는 사람은 편한 인간관계만 추구한다. 그런 사람은 진지하게 조언을 해주는 사람이나 진실을 말하는 사람은 피한다. 그냥 편하니까 과거의 상처를 서로 곱씹을 수 있는 사람이나 자신이 우월감을 느낄 수 있는 사람을 찾는다.

상처를 서로 어루만져 주면 확실히 그 순간은 달콤한 기분이 된다. 아무런 노력 없이 감미로움과 우월감(쾌감)까지 얻을 수 있다. 그리고 그저 함께 있는 것만으로 구원받는 듯한 기분이 된다.

하지만 슬픔을 슬픔으로 메우면 슬픔은 더욱 커진다. 편한 것만 추구하면 행복은 멀어진다. 온 정신을 쏟아 즐길 수 있는 일에 정열을 쏟아 몰두하는 것이 인생이 즐거워지는 길이다.

31 사랑받기만 원하는 사람에게 세상은 냉담하기 마련이다

사람과 사람의 관계는 신비로운 것이어서 서로 신호를 보내고 느끼면서 반응하며 행동한다. '호응'이라는 말이 있는데, 호응을 주고받으며 살아가는 것이 인간이다. 무의식 속에서 상대방의 생각과 마음을 느끼고 서로에게 보내는 사랑과 분노를 느끼는 것이다. 미처 의식하지 못하고 뭐라고 말로 표현하기는 어렵지만 분명히 느낀다.

만약 당신이 상대방을 따스한 눈길로 바라본다면 그 사람은 마음속의 신성한 곳이 자극되어 당신에게 따스한 애정을 보낼 것이다. 하지만 당신이 분노에 찬 눈길로 상대방을 바라본다면 그 사람은 마음속의 분노가 자극되어 당신에게 분노할 것이다. 이것이 바로 인간관계다.

아이러니컬하게도 사랑을 받고 싶어 하는 사람들에게는 남들이 냉정한 거부의 신호를 보내는 것이 세상의 이치다. 그래서 따스한 사랑을 얻지 못한다. 물론 당사자는 그것을 자각하지 못한다.

알아채지 못할 뿐더러 자신은 다른 사람들에게 따스한 신호를 보내고 있다고 굳게 믿는다. 그렇기 때문에 나중에는 사람들을 원망한다. 이 의식과 행동 사이의 커다란 차이는 어디에서 오는 것일까?

그것은 바로 '어차피 당신도 나를 사랑하지 않잖아'라는 불신의 마음이다. '나를 사랑해 달라'고 솔직하게 마음을 터놓지 않고 '나를 사랑하기는커녕 상처를 줄 생각을 갖고 있는 것 아냐?' 하고 의심하는 것이다. 그런 마음이 어딘가에 있으면 자신도 모르게 냉정한 신호를 상대방에게 전하게 된다. 자기 자신이 믿지 못하는 것을 깨닫지 못한 채 말이다.

마음속에 불신이 있으면, 다른 사람의 호감을 사기 위해 노력하고 있음에도 불구하고 주위 사람들이 자신에게서 멀어져 간다. 왜 사람들이 멀어져 가는지 본인은 전혀 짐작하지 못하고 두려움에 휩싸인다.

적은 내 안에 있다. 자신이 보내고 있는 불신의 신호야말로 인간관계를 실패하게 하는 최대의 적이다.

32

돈과 학력에게는
어떠한 개성도 없다

체면에 신경 쓰는 사람이 많다. 체면을 중요하게 여기는 사람들은, 이 세상의 인간관계를 구성하는 이웃과 친척 그리고 이렇게 저렇게 아는 사람들이 모두 자기를 대단한 사람으로 봐주길 원한다. 왜냐하면 두말할 필요 없이 일류 대학이 상징하는 학력이나 많은 수입이 상징하는 경제적 능력, 사회적 지위나 회사에서의 지위가 상징하는 명예를 다른 사람들이 부러워하기를 원하기 때문이다.

하지만 그러기 위해서는 세상 사람들과 자신이 동일한 가치관을 갖고 있어야 한다. 돈이나 명예, 학력에 그다지 가치를 두지 않는 사람에게서는 그런 소리를 들을 수 없으니 말이다.

체면에 신경을 쓰는 사람들이란 바꿔 말하면 돈과 명예 그리고 학력을 갖추는 것이 행복이라고 믿는 사람들이다. 그런 사람들은 풍족한 소비가 근사한 일이라고 믿기 때문에 다른 사람보다 좋은 자동차를 타고, 다른 사람보다 맛있는 음식을 먹고, 다른 사람보다 쾌적한 집에 사는 것이 진정한 행복이라고 생각한다.

그런 가치관을 갖고 있는 사람은 지혜, 사랑, 용기, 감사와 같은 마음의 움직임에 대해서는 별 관심이 없다. 입으로는 소중하다고 떠들지만, 그것은 어디까지나 겉치레에 불과하다. 속마음은 브랜드나 돈, 명예가 모든 것이라고 생각한다. 실제로 다정함과 진심에 대해서는 거의 평가하지 않는다.

요즘 이런 사람이 무척 많다. 세상 사람들은 항상 자신과 타인의 브랜드를 비교하면서 일희일비한다. 세상이란 이런 것이다. 지혜와 용기, 사랑에는 개성이 있으나, 돈과 학력에는 개성이 없기 때문에 요즘 세상 사람들은 누군가의 개성을 알아보지 못한다.

당신은 질투 섞인 칭찬을 추구하는가? 아니면 우월감 섞인 경멸? 세상에는 마음의 세계를 중요시하는 사람을 하찮게 여기는 사람들이 너무나 많다.

33

내 마음에 들지 않는 것은
결국 남의 마음에도 들지 않는다

당신은 다른 사람에게 미움이나 비난을 받을 것이 염려되어 늘 호감을 살 만한 행동만 하고 있지는 않은가? 그러나 남이 아니라 자기 자신이 호감을 느낄 수 있는 행동을 하지 않으면 인생을 즐길 수 없다.

다른 사람의 호감을 목표로 한 행동을 통해 일시적인 칭찬은 얻을 수 있다. 하지만 진심으로 만족할 수는 없다.

사람들은 흔히 무엇을 할지 말지 결정할 때, 가장 먼저 '다른 사람에게 얼마나 호감을 얻을 수 있을까'를 염두에 둔다. 그래서 허세를 부리게 된다. 자기 마음에 드는 것이 아니라 다른 사람의 마음에 드는 것을 우선시한다. 연인을 선택할 때도 마찬가지다. 자기 마음에 드는 사람보다는 남 보기에 부러움을 살 이성을 연인으로 삼으려 한다. 그리고 그것을 사랑이라고 착각한다.

하지만 남의 이목에 신경 쓰고 다른 사람에게서 호감을 얻는 삶을 살고 있노라면 점차 공허해지는 법이다. 기대하는 만큼의 칭찬과 기쁨, 감동이 돌아오지 않기 때문이다. '아, 얼마나 멋진 인생인가' 하고 실감하게 하는 것은, 다른 사람의 칭찬이 아니라 자신을 위해 행동했을 때 맛볼 수 있는 기쁨이다. 그 기쁨은 타인이 아닌 자기 자신에게 자랑할 수 있는 것이다. 자기를 스스로 칭찬해 주고 싶은 마음이 진정한 자랑이자 긍지다.

유명 브랜드 제품은 무조건 사지 말라는 뜻은 아니다. 다만 남들에게 자랑하기 위해서 사지는 말라는 뜻이다. 나 자신이 기쁘기 위해 마음에 드는 가방을 사는 것이 중요하며, 나의 미학을 충족시키는 자동차를 사는 것이 중요하다.

벤츠를 자랑하던 사람이 이웃의 롤스로이스를 보고 의기소침해지는 것은 마음속에서 두 브랜드를 비교하고 있기 때문이다. 벤츠를 타고도 즐겁지 않으니까 그렇게 일희일비하는 것이다. 학력도 지위도 마찬가지다. 모든 사람의 선망을 한 몸에 받는 삶보다 자신이 만족할 수 있는 삶의 태도가 몇천 배 중요하다.

34 버릴 용기가 없다면 행복을
꿈꾸지 말라

　무언가 새로운 것을 하려면 낡은 것을 부정하고 버리는 힘과 용기가 필요하다. 과거를 파괴하지 않으면 미래를 창조할 수 없다. 인도의 시바 등 세계의 많은 신이 '창조와 파괴'를 모두 관장하고 있는 것은 이 때문이다. 파괴 없는 창조는 없다.

　내 자신은 물론이고 모든 사람들에게 좋은 얼굴을 하면서 행복할 수 있다면 그보다 이상적인 일은 없겠지만, 대부분 현실적으로는 불가능하다. 예를 들어 항상 상처를 위로해 주는 오랜 친구 한 사람만을 만나면 미래에 마음의 친구가 될 사람을 만나기가 어렵다. 편안하고 익숙하며 자기의 상처를 알아주는 사람하고만 시간을 보내면 새로운 마음의 친구는 생기지 않는다. 친구가 될 수 있는 사람이 나타난다 해도 과거의 친구가 걸림돌이 되어 새로운 친구가 될 사람이 누구인지 알아보지 못할 수도 있다.

　낯선 것, 새로운 것에 호기심보다 두려움을 먼저 갖는 사람은 평소의 외로움 때문에 자신의 상처를 이해해 주는 과거의 친구 곁을 좀처럼 떠날 수 없다.

과거를 파괴하는 동시에 미래를 창조하는 것은 바람직한 일이
지만 미래를 먼저 창조하고 나서 과거를 파괴하는 것은 바람직하
지 않다. 우선 자연스럽지 않은 것, 자신에게 해로운 것을 먼저 그
만두라. 이로운 행동을 하기에 앞서 해로운 행동을 그만두어야 하
는 것이다.

과거를 버릴 용기가 없다면 행복해지고 싶다는 생각 자체를 하
지 말아야 한다. 괴로움은 질질 끌어서 좋을 게 하나도 없다.

35

유익한 일을 하기 전에
해로운 일부터 그만두라

과거의 좋지 못한 태도를 버리는 것이 좋은 태도를 갖는 것보다 훨씬 어렵다. 이로운 행동을 하려고 결심하고 노력하는 것은 물론 중요하지만, 먼저 해로운 행동을 그만두지 않으면 모든 노력이 물거품이 되기 때문이다. 특히 인간관계는 더욱 그렇다. 서로 상처나 들추어 보고 동정하는 친구관계에 매달리고 있는 한 미래는 열리지 않는다. 부자연스러운 태도를 버리지 않으면 설령 좋은 일을 한다 해도 효과가 상쇄된다.

결점을 극복하기보다는 장점을 더욱 성장시키는 편이 효과적이지만, 해로운 행동을 그만두지 않으면서 행복할 수는 없는 일이다. 예를 들어 알코올 의존증에 걸린 사람이 술을 계속 마시면서 봉사 활동을 하고 있다고 하자. 그런 상태로는 봉사하는 본인도 즐겁지 않고 상대방도 즐겁지 않다. '나도 기쁘지 않고 너도 기쁘지 않은' 결과를 낳는다.

불행은 해로운 행동을 그만두지 못해서 생긴다. 행복해지는 데 도움이 될 만한 행동을 하지 않기 때문이 아니라 행복해지는 것을 방해하는 행동을 그만두지 않기 때문에 불행한 것이다. 뒤집어 말해서 해로운 행동이나 부자연스러운 행동을 하지 않으면 저절로 즐거운 인생을 누릴 수 있다. 인생이 즐거워지지 않는 것은 즐거운 행동을 안 해서가 아니라 해로운 행동을 그만두지 않아서다.

많은 사람이 '나는 이렇게 열심히 노력하는데 행복해지지가 않아'라고 한탄하지만, 가장 큰 이유는 해로운 행동을 그만두지 못한 탓이라는 것을 명심하라.

36

아무리 둔감한 상대방도
당신의 거부감은 금방 알아챈다

상대방에게 마음을 열지 않으면 그 사람이 내게 마음을 열고 있는지 닫고 있는지를 도무지 알 길이 없다. 아니, 알지 못한다기보다 상대방이 마음을 열지 않은 것처럼 보인다. 상대방이 마음을 열고 있어도 마음을 닫고 있는 것처럼 느끼는 것이다. 슬픈 일이다.

모든 사람이 자기에게 마음을 열어 주기를 바라는 마음은 이해하지만, 이런저런 전제 조건을 달고 있으면 언제까지고 타인과 마음을 터놓을 수가 없다. 내게 무엇인가를 해주면 상대방에게 어떤 것을 허용하겠다는 발상은 더 이상 상처 받고 싶지 않게 방어하려는 자세이다. 과거에 상처를 많이 받은 사람은 자주 이런 발상을 하기 마련이다. 그러나 이것은 상대방에 대한 부정과 거부의 신호를 보내는 것과 같다.

'당신도 내게 상처를 줄 우려가 있으니 마음을 닫고 당신과 만날 테야' 하는 거부의 자세다. 그 거부의 신호를 상대방은 놓치지 않는다. 평소에는 둔감한 사람조차 신기하게 이런 신호에는 민감하다.

상대방은 당신이 마음을 열고 있는지 아닌지를 일일이 따져 보지는 않지만, 무의식 속에서 당신의 거부감을 느끼고 마음을 닫아 버린다. 이렇게 해서 모처럼 마음을 연 상대방의 마음을 닫게 만든다. 또한 그 결과를 보고는 '혹시나 했더니 역시나 이 사람도 마음을 닫고 있군' 하고 멋대로 생각한다. 이렇게 되면 아무리 시간이 흘러도 좋은 사람을 만날 수 없다.

마음을 열면 사랑이 들어와서 서서히 마음을 열 수 있지만, 마음을 닫고 있으면 사랑이 들어오지 않아 더욱 더 마음을 열 수 없게 된다. 나쁜 것은 무엇이든 악순환한다.

37 부모의 부족한 사랑을 탓할 시간이 있으면 다른 사람을 사귀어라

우리는 누구나 부모로부터 사랑을 받기를 간절히 원한다. 그런 나머지 나만은 부모에게서 넘치도록 사랑을 받고 있다고 생각한다. 그러나 사실은 부모의 사랑에 불만을 품고 있는 자녀가 많다. 부모의 사랑에 100퍼센트 만족하는 자녀는 전 세계 70억 인구 가운데 단 한 사람도 없을 것이다.

부모도 완벽한 사람은 아니다. 완벽하지 않기 때문에 여느 사람들처럼 사랑과 우정을 소망한다. 우리가 다른 사람을 찾는 것은 부모로부터 미처 받지 못한 것을 받기 위해서인데, 부모가 완벽하다면 타인과 어울릴 필요가 없을지도 모른다. 부모의 사랑이 충분치 않은 것은 당신이 나빠서가 아니라 부모가 완벽하지 않기 때문이다. 좀 더 사랑을 쏟고 싶지만 그렇게 하지 못하는 것이다.

'내가 이렇게 생겨먹어서(외모뿐만 아니라 개성이라는 면에서도) 부모님은 나를 미워해' 하고 생각하는 자녀가 많다. 하지만 당신의 부모가 어떤 사람에게도 깊은 사랑을 기울이지 못하는 사람이라면 바로 그 때문이지 당신이 자신이기 때문에 사랑 받지 못하는 것이 아니다.

다른 사람에게 짓궂은 짓이나 불쾌한 일을 당했을 때도 마찬가지다. 당신이 자신이기 때문에 그런 일을 당하는 것이 아니라 그 사람이 누구에게나 심술궂은 행동을 하는 사람일 수도 있는 것이다. 다만, 다른 사람보다 당신에게 그런 행동을 하기가 쉬웠을 뿐이다. 쓸데없이 자신을 탓하거나 비하하지 말고 진실을 찾아라.

사랑은 부모에게만 받을 수 있는 것이 아니다. 부모 이상으로 당신을 사랑해 주는 사람, 부모 이상으로 당신의 행복을 빌어 주는 사람은 많다. 부모에게 사랑 받지 못한 것을 안타까워하고 있을 시간이 있다면 다른 사람과 마음을 나누고 사랑을 받는 편이 낫다.

38 악마의 대화란 60퍼센트 이상의 푸념과 험담이다

당신이 나누는 대화 내용의 60퍼센트 이상이 푸념이거나 다른 사람의 험담이라면, 당신은 다른 사람에게 반드시 상처를 주는 악마가 되어 가고 있다는 증거다. 반대로 즐거운 이야기나 감동적인 이야기가 대화의 대부분을 차지하면 당신은 다른 사람을 사랑할 수 있는 천사다.

전자는 소극적인 사람이다. 소극적이라는 것은 자신의 기쁨을 위해 노력하기보다는 다른 사람의 불행과 슬픔을 찾는 데 온 힘을 쏟는다는 것을 뜻한다. 애써 다른 사람의 불행을 찾음으로써 한순간이나마 안심과 행복을 얻으려는 것이다. 따라서 자기보다 조금이라도 불행한 사람의 이야기가 듣고 싶은 것이다.

그러므로 자신도 모르는 사이에 다른 사람의 불행을 바라고 다른 사람의 행복을 시기하는 사람이 되어 버린다. 악마를 다른 데서 찾을 게 아니라, 바로 그런 사람이 악마다. 옛날이야기에 나오는 마귀할멈이나 귀신처럼 다른 사람의 불행을 먹고 살기 때문이다.

다른 사람의 불행이야말로 삶의 에너지원이 되고 삶의 보람이 되는 것이다. 그리고 누군가 험담을 늘어놓으면 거기에 동참하여 서로의 가슴 깊은 곳에 있는 악마적인 마음을 더욱 자극함으로써 더욱 악마적인 인간이 되어 간다.

당신이 나누는 대화 내용의 60퍼센트 이상이 즐겁고 기쁜 이야기 혹은 감동적인 이야기라면 당신은 적극적인 사람이다. 그 사람의 대화 상대 역시 마찬가지다. 둘은 서로를 격려하고 서로의 행복을 기꺼워할 수 있는 사람이다. 곧 다른 사람의 행복을 소망하고 다른 사람의 불행을 마음 아파하는 천사이다.

당신은 천사인가 악마인가?

주변 사람을 악마에서 천사로 바꾸어 주는 것만으로도 인생은 즐거워진다. 한번 해보라!

분노하지 말고
그 진정한 원인을 찾아라

진실에는 두 가지가 있다.

하나는, 어떤 일이 왜 일어났는지에 대한 '사실'로서의 원인이다.

당신의 마음속에 분노가 있다고 가정하자. 당신은 어떤 일로 누군가에게 화가 나 있다. 무슨 일인가를 당해서 화가 났을 수도 있고, 무언가를 해주기를 바랐는데 해주지 않아 화가 났을 수도 있다. 얻어맞아 화가 났을 수도 있고 공감해 주기를 바랐는데 그러지 않아서 혹은 무시당해서 화가 났을 수도 있다. 여기서 진실이란, 대체 내가 무엇 때문에 화가 났는지, 그 분노의 뿌리 또는 분노의 메커니즘이다.

이 진실을 이해하면 전혀 상관없는 사람에게 엉뚱한 화풀이를 하는 일을 방지할 수 있다. 부모 자식, 부부 등의 인간관계에서 일어나는 문제 중 가장 흔한 것이 엉뚱한 화풀이다. 진실을 모르기 때문에 다른 사람에게 향해야 할 분노를 눈앞에 있는 가까운 사람

에게 터뜨리는 것이다. 까닭 없이 분노를 터뜨리는 사람은 진짜로
상대방이 나쁘다고 생각해서 그러는 것이다. 한편 화풀이를 당하
는 사람은 그 불합리함에 더욱 불같이 화를 낸다. 이렇게 둘 다 기
분이 상하면 인간관계가 깨지는 것이다.

분노의 뿌리를 알 수 있다면 '어떻게 해야 할까?' 하는 대책을
세울 수 있다. 하지만 분노가 발생하고 있는 진짜 메커니즘을 모르
면 분노를 가라앉히는 대책을 세워도 헛수고에 그친다. 끓어오르
는 분노에 휘둘려 다른 사람에게 마구 독을 내뱉는 인생이 되어 버
린다.

인간관계뿐 아니라 우리 삶의 모든 것이 그렇다. 진실을 알고
나면 저절로 해결책이 나오게 된다. 해결책을 모르겠다면 '나는 아
직 진실을 모르기 때문이야' 하고 먼저 반성해야 한다.

40 자신을 미워하지 말고, 자신이 무엇을 가장 원하는지를 찾아라

또 하나의 진실이란 자신의 진짜 마음(희로애락과 욕구)을 가리킨다. 마음이 아프고 힘겨웠던 경험을 해본 사람은 자기 자신의 진짜마음을 보지 않으려고 안간힘을 쓴다. 상처 받기를 원하지 않기 때문에 지나간 마음의 상처 따위는 보고 싶지 않은 것이다.

하지만 과거에 상처 받은 시점에서 괴로운 현실을 직시하지 않으려고 방어 기제를 동원해 자기를 합리화하거나 억압하면 의식의표면에서는 고통을 잊을 수가 있지만 마음 깊은 곳에서는 그럴 수가 없다. 깊은 마음은 비참하고 화가 치밀었던 일을 똑똑히 기억하고 있기 때문에 분노와 불안을 분출한다. 그래서 특별한 이유 없이느닷없이 슬퍼지거나 사소한 일로 우울해지고 고독을 느끼는 비관적인 심리 상태가 되어 버린다. 또는 대수롭지 않은 일로 갑자기화를 벌컥 내기도 한다.

'무언가 이상해', '무언가 어긋나고 있어', '나답지 않아'라고 생각하고 심지어 자기 혐오에 빠지는 사람이 있다. 그런 사람은 자신의 마음속에서 순위를 매긴다고 할 때, 5위쯤 되는 희망에 따라 행동하고 있는 사람이다. 이를 테면 마음속에서 1위를 차지하고 있는 진심(진짜 욕구)을 추구할 수 없기 때문에 무의식 속에서 3위에서 5위쯤 해당되는 진심을 추구하고 있는 사람이다.

'행복 공포증'이라고 할 만한 이유 때문에 자기도 모르는 사이에 희망을 버리고 있는 것이다. 자신이 가장 소망하는 첫 번째 희망에 따라 행동하면 자기 혐오에 빠지지 않는다. 진짜 마음과 첫 번째 희망이 아닌 행동, 즉 하고 싶지 않을 일을 하고 있기 때문에 자기를 혐오하는 것이다.

따라서 당신이 가장 소망하는 첫 번째 희망을 이루려면 '나는 왜 지금까지 그것을 외면해 왔는가?' 하는 진실을 알아야 한다. 진실을 알면 자동적으로 첫 번째 희망을 실행할 수 있다.

41 자기 자신의 단점을 발견해야 장점도 발견할 수 있다

사람은 누구나 스스로를 가치 있는 사람, 특별한 사람이라고 생각하려 한다. 아무짝에도 쓸모없는 사람이라고 생각하고 싶은 사람은 없다. 그 때문에 다른 사람보다 한 단계 높은 길을 걸어가려고 한다. 열등감의 반작용으로서 자존심이 세지는 것이다.

하지만 자존심에 가려져서 자기의 진짜 마음을 볼 수가 없다. 자존심은 자신의 진짜 모습을 감추기 위한 것이므로 자기 마음이 보이지 않는 건 당연하다. 그리고 다른 사람을 이해할 수도, 다른 사람에게 공감할 수도 없다.

일본 불교 천태종의 창시자 사이초는 열아홉 살 때 "아, 나는 얼마나 하찮은 인간인가? 어리석은 자 중에서도 가장 어리석은 자이구나. 실성한 자 중에서도 가장 실성한 자이구나. 인간 쓰레기 중 쓰레기가 아닌가?"라고 깨닫고 당시의 수도 나라(奈良)를 떠나 산으로 들어가 버리고 말았다. 지금으로 보면 엘리트 국가 공무원 시험에 합격해 놓고 취임 후 3개월 만에 그만두는 격이다. 그는 자신의 마음속에 있는 허영과 겉치레를 용납할 수 없었고, 법회에서 명성을 얻으려 한 자신의 마음을 발견하고 경악했다. 그런 자신을 최악이라고 생각한 것이다.

'나는 최악이다'라고 인정할 용기가 없는 사람은 다른 사람의 결점을 용납할 수 없다. 다른 사람의 결점을 보면 불안해진다. 특히 자신과 마찬가지로 열등감의 반작용으로 자존심이 높은 사람을 혐오한다. 자신의 한심한 모습을 보라고 강요하고 있는 것 같아 미워지는 것이다. 한편 자신의 좋지 못한 점을 솔직하게 인정할 용기가 있는 사람은 다른 사람의 좋지 못한 부분을 용서할 수 있다. 또한 자신의 단점을 발견한 사람은 자신의 장점도 발견할 수 있다. 어떤 이유에선지 자신의 아름답지 못한 부분을 보고 난 후가 아니면 자신의 멋있는 개성을 제대로 보지 못한다.

자신의 개성을 찾아낸 사람은 그것이 기쁨을 낳는 개성임을 자연스럽게 알게 된다. 그러면 다른 사람의 장점과 개성을 발견하고 싶어진다. 그것이 곧 사랑이다. 용기 없는 사람은 다른 사람을 비난하는 사람이고 다른 사람의 재능을 죽이는 사람이다.

42

지금, 하지 말아야 할 일만 골라서 하고 있지는 않은가?

산다는 것은 한순간 한순간을 뜨겁게 살아가는 것이다. 뜨겁게 살아간다는 것은 매순간 자신의 개성을 빛내는 것이다. 그것이 생명의 빛이다. 자신이 정말 하고 싶은 것, 으뜸가는 희망을 실행하는 것이 자신의 생명을 빛나게 하는 길이다. 그것이 삶이다. 그러므로 사람은 즐거운 일을 하지 않으면 살아 있다는 실감을 하지 못한다. 기쁨 속에 자신의 삶과 생명을 느끼기 때문이다. 그리고 기쁨 속에 자신의 정체성을 느낀다. 언제나 열정적으로 즐겁게 살아가지 않으면 자신이 누구인지 알 수 없게 된다.

열정적으로 즐겁게 살아간다는 것은 어떤 것인가?

'무슨 일이 있어도 이것만은 꼭 해보고 싶다'라고 생각하는 것에 몰두하는 것이다. 그런데 자신이 반드시 해보고 싶은 것을 찾지 못해 방황하는 사람이 많다.

왜 찾지 못하는 것인가?

아무 상관없는 일만 골라서 하고 있기 때문이다. 무엇이 앞이고 뒤인지, 일의 선후를 모르는 것이다. 그러니까 그냥 눈에 들어오는 것부터 시작한다. 하지만 시간은 한정되어 있어서 무언가를 한다는 것은 곧 무언가를 할 수 없다는 것이기 때문에 진정 즐거운 일을 할 시간이 없어져 버린다. 이를 테면 깔끔한 것이 좋은 건 말할 나위 없는 일이다. 그렇다고 무조건 닥치는 대로 방을 치우고 빨래를 하기 시작하면 한도 끝도 없다. 청소와 빨래에 지나치게 매달리면 귀중한 시간을 너무 많이 할애해야 한다.

'놀면 뭐해' 이 같은 명분을 만들어, 열정적으로 즐길 수 있는 일에 써야 할 시간을 아무 데나 써버리면 자신이 진정 무엇을 해야 하는지를 발견할 수 없다.

43

나를 속이는 것은 남을 속이는 것보다 천 배는 나쁘다

자신에게 거짓말하는 것이 남에게 하는 것보다 천 배는 나쁜 일이다. 자기 자신에게 거짓말을 하면 자신의 감정을 알 수 없다. 자기에게 거짓말을 하면 즐겁다, 기쁘다, 상쾌하다, 맛있다는 기쁨의 감정을 알 수 없다. 이렇게 되면 마음이 길을 잃은 아이처럼 자신이 누구인지 알지 못한다.

그런데 사람들은 왜 자기에게 거짓말을 할까?

자신의 속마음을 알면서도 그와는 반대되는 행동, 하고 싶지 않은 행동을 하려고 하기 때문이다. 그래서 자기 자신에게 핑계를 대면서 어떤 이유에서든 자신의 진짜 마음에 따르는 솔직한 행동을 하지 못한다. 변명을 늘어놓다 보면 어느 순간에 무엇이 진짜이고 무엇이 가짜인지를 전혀 모르게 된다.

하나의 거짓말로 충분하지 않으면 두 개의 거짓말을 한다. 이렇게 하여 거짓말을 거짓말로 덧칠하여 단단히 숨기기 위해 모순되는 행동만 한다. 모순이 많으니 자신의 마음은 물론 원래 사람의

마음 또한 복잡하여 헤아릴 도리가 없다고 단정한다. 그러나 자기
실현을 하고 있는 사람의 마음은 단순 명쾌한 법이다.

'하고 싶으니까 한다.'

이것이 정직한 것이다. 하지만 끊임없이 자신에게 핑계를 대
고 있으면 진짜를 만났을 때 오히려 가짜로 보인다. 그래서 기회를
놓치고 가짜를 진짜로 보는 실수를 저지르고 만다.

또한 자기에게 거짓말을 하고 있노라면 상대방도 거짓말을 하
고 있을 거라고 생각하여 사람을 불신한다. 그 불신의 근거는 내가
자신에게 거짓말을 하고 있다는 자기모순인데, 그것을 다른 사람
에게도 적용하여 마치 모든 사람의 마음은 알 길이 없다면서 마치
모든 사람에 대해 다 알고 있는 것처럼 말한다.

44 변명은 자기실현의 무덤이다

자신에게 핑계를 대는 이유는 부모와의 관계에서 괴로운 경험이 있기 때문이다. 과거에 간절하게 원하는 첫 번째 희망을 실행했을 때, 부모가 싫어하거나 언짢아해서 힘들었던 경험이 있는 것이다.

이런 경험을 하면 아이는 그런 부모의 모습을 보느니 차라리 첫 번째가 아니라 다섯 번째쯤의 희망으로 사는 것이 낫다고 생각한다. 아이에게는 가정밖에 머물 곳이 없기 때문이다. 그러나 다섯 번째쯤 되는 희망으로 살아간다는 것은 행복을 버리는 것이다. 사람은 첫 번째로 희망하는 사람과 결혼하고, 첫 번째로 희망하는 직업을 가져야 자기실현을 이룰 수 있다.

그걸 알면서도 첫 번째 희망을 포기하는 것이므로 자기에게 그럴듯한 변명을 해야 한다. 어째서 가장 소망하는 첫 번째 희망을 버리고 다섯 번째 희망을 택했는지, 자기 자신에게 거짓 설득을 하는 것이다. 하지만 무언가 행동을 취할 때마다 일일이 자신에게 핑계를 대는 것은 이상한 일이 아닌가?

그게 이상하니까 변명에 대한 변명이 또다시 필요해진다. 그러나 많은 사람이 무심코 핑계를 대고 있어 자신이 그렇게 한다는 사실조차 인식하지 못한다. 이런 일이 계속된다면 자기실현은 꿈 같은 이야기가 되고 만다. 나아가 자기실현을 하고 있는 사람을 질투하고 비판하고 싶어진다. 자기가 못하니까 다른 사람이 그들의 꿈을 이루고 자기실현을 하도록 응원할 수 없는 것이다.

그래서 용기가 없는 자신을 짐짓 외면하고 불평만 하는 사람이 된다. 푸념과 험담이 대화의 60퍼센트 이상을 차지하는 그런 사람이 되는 것이다.

45 불신의 악순환은 끝이 없다

다른 사람을 믿을 수 없다고 말하는 사람은 사실 자기 자신을 믿지 않는 사람이다. 자신의 마음과 자신의 직감을 믿지 못하는 것이다.

그런 사람은 '내 마음조차 믿을 수 없는데, 하물며 남을 어떻게 믿어?' 하는 식으로 자기 불신에 빠져 있다. 자기 불신이란 자기의 직감을 믿지 못한다는 것이므로, 직감에 따르지 않고 아무렇게나 행동한다. 직감에 순순히 따를 때 열 가지 기쁨을 얻을 수 있다면, 직감에 반하는 행동을 할 때 얻을 수 있는 기쁨은 고작 하나나 둘, 때로는 마이너스가 되어 버린다. 그러니 자기 자신에게 배반당한 것처럼 느끼지 않을 수 없다. 이렇게 하여 자기 불신이 한층 커진다.

뿐만 아니라 자신의 직감에 의지할 수 없는 자기에 대해 자신감을 잃어버리고 위축되어 공연히 자기를 비하하거나 혐오한다. 그리고 나도 모르게 부정과 거부의 신호를 보내어 다른 사람과의 관계가 껄끄러워진다. 그러면 더욱 더 자기를 비하하고 혐오하는 악순환에 빠진다.

그런 사람은 다음과 같은 핑계를 댄다. '지금까지 잘못된 것만 믿어서 실패해 왔어. 그래서 내 자신이 콩으로 메주를 쑨다 해도 도무지 믿을 수가 없어.' 이것은 정말 악순환이다.

이렇게 가짜를 진짜로 생각하여 실패하고 나서는 한층 자기 불신이나 자기 비하에 빠진다. 자기 자신이 거짓투성이에다 신뢰할 수 없으니 다른 사람의 마음 역시 거짓투성이일 거라고 지레짐작한다. 이것이 인간 불신이다. 스스로가 인간 불신의 확실한 증거인 셈이니 이런 사람의 인간 불신은 불행하게도 굳건한 신념이 된다.

46 마음을 먹으면 그날부터 바로
시작하는 것이 좋다

문득 어떤 일을 하고 싶다는 생각이 머리를 스쳤다면, 그 순간의 몸과 마음이 그 일을 할 수 있는 조건이 갖추어져 있다는 뜻이다. 그러므로 타이밍을 놓치면 다시는 할 수 없게 되는 경우가 있다. 특히 해외여행이나 직업을 바꾸는 일에서 타이밍은 매우 중요하다. 결말을 맺어야 할 이야기 또한 타이밍을 놓치면 결론을 낼 수 없다. 연애가 그렇다. 서로 잘 어울린다고 아무 때나 결혼하는 게 아니다. 매사에는 순서와 절차가 있지만 타이밍이라는 것도 있는 법이다.

'이 사람과 결혼하고 싶다'는 오늘의 기분이 비록 진심일망정 내일 결혼해서 잘 되리라는 보장이 없지만 다른 한편으로 문제없이 원만한 경우에는 결혼을 괜히 뒤로 미루는 바람에 삐걱거리는 수가 있다. 결심했을 때 바로 결혼했다면 좋은 부부가 될 수 있을 텐데, 1년 후에 싸우다 결국 헤어지기도 하는 것이다.

여행도 그렇다. 돈과 시간이 있으면 언제든 갈 수 있다고 생각하여 미루다 2년 후에는 건강 때문에 못갈지도 모르는 일이다. 설사 갈 수 있다 하더라도 여행의 기쁨과 감동은 2년 전의 100분의 1로 줄어들 수 있다.

마음을 먹으면 바로 그날부터 시작하는 것이 좋다.

어떤 일이 생각난 날이야말로 그 일을 실행할 가장 좋은 시간이다. 매사는 미루어서는 안 된다. 미루어서 좋은 일은 거의 없다. 미루는 것은 손해라고 생각하는 편이 현명하다.

문제를 미루면 행복은 멀어진다

문제 역시 뒤로 미루면 결코 좋지 않다. 오히려 문제가 점점 확대되어 간다. 내일 할 수 있는 일을 오늘 할 필요는 없지만, 오늘 할 수 있는 일을 오늘 해두지 않으면 내일은 더욱 할 수 없게 된다.

'이 문제는 좀 더 생각해 봐야겠어', '어떻게든 해야 할 일이지만' 하고 말하는 사람이 있는데, 곰곰이 생각했다가 나중에 실행에 옮기는 경우는 거의 없다. 할 마음이 없는 것을 숨기려고 이런 핑계로 둘러대고 있을 뿐이다.

연애가 특히 그렇다. 연인과의 교제에 한계를 느껴도 좀처럼 헤어지지 못하는 사람이 있는데, 서로 사랑이 아닌 분노를 느끼면서도 헤어지는 결단을 미루고 질질 끌다 보면, 상대방의 분노에 서로 물들어 간다.

분노가 마음에 들어오면 외로움이 극도에 달해 차라리 싫어진 사람이라도 곁에 있기를 바라는 현상이 나타난다. 그래서 헤어지는 편이 낫다는 것을 잘 알고 있으나 깊어지는 외로움 때문에 헤어지지 못해 관계는 한층 악화되어 간다. 그리고 가족과 직장 동료와의 관계 또한 매끄럽지 못하게 된다. 무의식적으로 초조와 불안을 주변 사람에게 퍼뜨리기 때문이다.

　문제 해결을 뒤로 미루면 좋은 일은 전혀 일어나지 않지만 으레 나쁜 일은 일어난다. 인생, 그것은 즉시 결단을 내리고 즉시 실행하는 것이다.

48

내키지 않을 때는 아무것도
하지 않는 편이 피해가 적다

우리가 흔히 고민이라고 부르는 것의 80퍼센트는 망설임이다. A안으로 할까, B안으로 할까 하고 결정하지 못해 주저하는 것이다. 망설이는 데도 도무지 결정할 수가 없어 고민하는 것이다. 그리고 어렵게 결정을 내렸는데 잘 되지 않아 또 망설인다.

마음이 '좋아, 됐어' 하고 말하는 것이라면 그렇게 주저하지 않는 법이다. 그렇게 되기까지는 신중한 검토를 거쳐야 하지만, 머뭇거리는 사람은 무엇에 대해서든 망설이고, 과감하게 결단을 내린 경험이 없는 경우가 많다. 결단을 몇 번인가 내리고 나면 결정하는 데 점차 능숙해지지만, 주저하는 사람은 그런 결단을 내리지 못하기 때문에 점점 더 결단에 서툴게 된다.

더구나 망설이고 망설여서 결단에 긴 시간을 들였음에도 불구하고 후회하는 수가 많다. A안을 채택했는데 순조롭게 되어 가지 않으면 '역시 B안으로 했어야 했어' 하고 후회하고, B안을 채택했는데 순조롭게 되어 가지 않으면 'A안으로 했어야 했어' 하고 후회

한다.

주저하는 정도에 따라 다르지만, 만약 A안과 B안 모두 하고 싶어서 쉽게 마음을 정하지 못하는 경우라면 둘 다 정답이다. 그러나 A안과 B안 모두 마음이 내키지 않아 머뭇거리는 경우라면 어느 쪽도 택하지 않는 편이 무난하다.

아무것도 하지 않고 후회하는 것보다는 무언가를 하고 후회하는 편이 좋지만, 마음이 내키지 않을 때는 아무것도 하지 않는 편이 피해가 적다. 모두 정답이 아닌 경우가 대부분이기 때문이다.

사람들이 주저하는 것은 자기가 진정으로 무엇을 원하는지를 모르기 때문이다. 자신의 진짜 마음을 모르니까 결정할 수가 없는 것이다. 자신의 진짜 마음을 알기 위해선 좋은 친구, 좋은 연인, 좋은 반려자가 필요하다. 이들은 대화를 통해 자신의 마음을 거울처럼 비추어줄 수 있는 사람들이다. 그래서 사람에게는 사람이 필요한 것이다.

49

분노의 원인을 찾지 못하면
가장 가까운 사람도 적으로 만든다

누군가가 당신에게 바닥이 지저분하다며 화를 낸다면 그 사람이 트집을 잡아 화내고 있는 것인지, 아니면 정말 바닥이 지저분해서인지를 구분할 필요가 있다. 왜냐하면 대개 전자에 해당하기 때문이다. 공격성이 높은 사람은 항상 분노로 폭발할 듯한 상태다. 하지만 아무 이유 없이 화를 낼 수는 없으니까 무의식적으로 흠을 들추어내어 그것을 핑계로 분노를 터뜨리는 것이다.

사물을 해결할 때 그것이 원인인지, 단지 계기에 불과한지 확인하는 게 중요하다. 그렇게 하지 않으면 애써 노력한 결실을 보지 못한다. 바닥을 반짝반짝 윤이 나게 닦아도 이번에는 유리창에 얼룩이 있다며 화를 낼 게 분명하다.

남편이 우유를 달라고 했는데, 아내가 잘못 듣고 두유를 건네주었다. 그러자 남편이 화를 냈다.

"두유가 아니야. 사람 말귀를 왜 못 알아들어?"

이에 아내도 질세라 대꾸했다.

"왜 당신은 언제나 아무것도 아닌 일로 화를 내요?"

두 사람 모두 양보하지 않고 입씨름을 한 끝에 큰 싸움으로 번지고 말았다.

언뜻 보기에 싸움의 원인은 아내가 남편의 말을 오해한 때문인 것 같지만 실은 그렇지가 않다. 바로 알아들었다 해도 이 부부는 싸웠을 것이다. 이 부부가 싸우게 된 진짜 원인은 어머니에 대한 남편의 분노에 있기 때문이다.

남편은 어린 시절 어머니의 보살핌을 제대로 받지 못하며 성장했다. 어머니는 아들에게 무관심했던 것이다. 따라서 아내만은 항상 관심을 갖고 자신을 돌보아 주기를 원하는 것이다. 남편의 입장에서는 아내마저 자기를 소중한 사람으로 대하지 않는다고 해석한 것이다.

그래서 아내가 조금이라도 소홀하게 대할 기미만 보이면 남편은 불안해진다. 그리고 어머니가 자신을 제대로 보살펴 주지 않았는데 아내까지 그런다는 생각이 들어 분노가 증폭된 것이다.

50

인간관계의 시행착오를
두려워하지 말라

앞에서 예로 든 부부 이야기를 계속해 보자.

남편은 두 번째 원인(아내)보다 첫 번째 원인(어머니)에 대하여 더 큰 분노를 갖고 있다. 그리고 "브루투스 너마저도!"라고 하듯 어머니에 대한 분노까지 덧붙여 아내에게 화를 내게 된다.

한편 아내는 아내대로 남편이 억지를 부리며 화를 내는 데 진력이 난 나머지 참지 않는다. 어째서 걸핏하면 별일도 아닌 것에 화를 내는지 도무지 이해할 수 없기 때문이다. 더욱이 앞으로 남편의 말을 잘못 알아듣는 일이 없도록 조심한다 해도 다른 일로 트집을 잡고 화를 낼 것을 예상할 수 있다. 아내는 남편의 유치한 행동에 평소부터 진절머리가 나고 있던 참이다. 그래서 평소의 분노를 더해 반격하게 된다.

아내의 분노는 남편에게 부정의 신호가 되므로 남편은 점점 불안해진다. 그 결과 남편은 더욱 화를 낸다. 악순환이 되는 것이다.

사람은 불안으로 인해 화를 내는 경우가 자주 있다. 화를 내는 이면에 불안이 있으면 완전히 지칠 때까지 싸움은 계속된다. 싸움의 진짜 원인이 밝혀지지 않으면 개운치 않은 싸움을 여러 번 하게 되고, 그 응어리가 남아 부부 사이는 악화된다. 사람은 노력한 것이 결실을 맺지 못하면 무기력해지는 법이므로 아내는 더욱 남편을 돌볼 의욕을 잃어버린다. 남편은 이전보다 더 불안해져 더 자주 화를 내게 된다. 그러면 아내는 지겨워지고 이윽고 부부는 악순환에 빠진다.

모든 일은 좋은 방향으로 움직이기 시작하면 점점 좋아지지만, 나쁜 방향으로 움직이기 시작하면 순식간에 나빠지게 마련이다. 이 악순환의 고리를 끊으려면 진실을 알아야 한다. 진실을 알면 남편은 '나는 아내에게 어머니에 대한 분노까지 더해 화를 내고 있는 건 아닐까?' 하고 반성할 수 있다. 아내 역시 남편의 마음의 이면을 이해해 다정하게 대할 수 있다. 이것만으로도 부부 싸움은 크게 줄어든다.

그 다음에 서로 냉정을 찾고 나서 어떻게 하면 서로 마음에 들수 있을지 시행착오를 겪으면서 찾아보면 문제를 해결할 수 있는 것이다.

51

과거의 상처를 치유할 기회는
얼마든지 있다

어린이는 가정 밖에는 있을 곳이 없는 나약한 존재다. 설령 부모가 무섭고 싫더라도 도망갈 수 없으며, 현 상황을 받아들일 수밖에 없다. 유년 시절에는 감수성이 가장 예민하므로 이 시기에 받은 마음의 상처가 가장 크기 마련인데, 이 시기의 슬픈 일은 평생을 간다. 버릇만 그런 것이 아니라 마음의 상처 또한 세 살부터 여든까지 간다.

이 세상에 돌이킬 수 없는 인생은 없다. 진심으로 자신을 사랑해 주는 사람 앞에서는 어린아이로 돌아갈 수 있다. 사람은 성인이 되어도 조건만 갖추어지면 어린 시절의 자신으로 돌아가 사랑을 받고 어린 시절의 상처를 치유할 수 있다. 인간이란 참으로 신비로운 존재다.

특히 여성은 자녀를 키우면서 어머니는 자녀와 같은 나이의 자신의 과거를 떠올린다. 또 자녀와 같은 나이의 자신이 될 수 있다. 그 당시 부모가 기분 좋게 해주었다면 자신도 아이에게 그렇게 하려고 애쓰지만, 반대로 부모가 형편없이 대했다면 자신의 의사와는 관계없이 아이에게 그렇게 하고 싶어진다.

중요한 것은 바로 이때다. 좋은 남편을 만나는 행운을 가졌다면 과거 마음의 상처를 치유할 수 있다. 자신도 모르는 사이 아이에게 심술궂게 대하려는 어머니는 남편에게서 충분한 사랑을 받고 있으면 자신의 어린 시절의 상처를 치유할 수 있다. 그리고 그 사랑을 그대로 아이에게 쏟을 수 있다. 아내는 남편에게 치유를 받아 기분이 좋아지며, 또 아이를 마음껏 사랑하여 기분이 좋아지고, 게다가 어머니로부터 넘치는 사랑을 받은 아이도 기분이 좋아진다. 그야말로 일석삼조다.

살다 보면 과거의 상처를 치유할 기회는 얼마든지 주어진다. 돌이킬 수 없는 인생이란 이 세상에 없다.

52 이제는 '기브 앤 테이크'가 아니라 '기브 앤 기브'다

'아무도 날 사랑하지 않아서 비참해'라고 한탄하는 사람이 많은데, 한탄이 깊은 사람일수록 자신에게 향하는 조건 없는 사랑에는 둔감하다. 사랑 받고 있는데도 전혀 알아차리지 못하는 것이다.

왜냐하면 다른 사람을 사랑하고 있지 않기 때문이다. 사랑받을 수 없었다는 불만이 매우 크기 때문에 다른 사람을 사랑하는 것을 잊고 있기 때문이다. 사랑의 대상은 동물이든 식물이든 상관없다. 무엇이든 사랑하고 있거나 사랑해 본 사람이라면, 지금 자신에게 향하고 있는 보상을 바라지 않는 사랑을 느낄 수 있으며, 자신이 과거에 사랑 받았음을 떠올릴 수 있다.

어떻게 사랑의 기억을 상기할 수 있느냐면, 사람은 다른 사람을 사랑할 때 자신이 과거에 받은 사랑을 사용하기 때문이다. 자신이 누군가를 사랑하면 과거에 사랑받았을 때 날아갈 듯했던 기분을 기억해 내고는 그 상쾌함을 다른 사람에게 주고 싶어지는 것이다. 사람을 사랑하고 또 사랑하면 자신이 사랑받았음을 스스로 깨달을 수 있다.

　사람은 보통 자신을 사랑해 준 사람에 대해서는 잘 생각하지 않으며, 어린 시절 받은 사랑에 대해서는 더욱 그렇다. 사랑이란, 인간의 가장 자연스러운 행위여서 '아, 나는 지금 사랑받고 있다'고 자각하지 못하는 것이다. 너무나 자연스러워 의식할 수 없는 것이다. 사실 의식한다는 것 자체가 부자연스러운 일이니까.

　진실한 사랑을 쏟는 사람은 처음부터 보답이나 대가를 기대하지 않는다. 그래서 자신이 사랑한 사람이 보답하려고 한다면 '사랑이 필요한 다른 사람에게 주세요'라고 할 수 있다. 대가를 바라지 않기에 조건 없는 사랑인 것이다. 사랑은 그렇게 퍼져 간다. 사랑은 '기브 앤 테이크'가 아니다. 진실한 사랑은 '기브 앤 기브', 즉 끝없이 주는 사랑이다. 그렇게 사랑하려는 사람만이 자신에게 향하는 진실한 사랑을 느낄 수 있다.

53

대가를 바라는 친절은
계약을 할 때만 필요하다

　이 세상에는 수많은 조건 없는 사랑이 충만해 있다. 그리고 우리는 수많은 조건 없는 사랑에 힘입어 살아가고 있다. 그렇지만 당신이 그렇게 생각하지 않는다면 당신의 마음이 분노로 가득 차 있다는 증거다.

　누군가를 진심으로 사랑한 사람은 세상에 존재하는 헤아릴 수 없이 많은 조건 없는 사랑을 느낄 수 있다. 그리고 진심으로 사랑한 사람은 자신이 살아갈 수 있도록 해주는 의욕과 에너지의 근원이 어린 시절 여러 사람에게서 받은 무조건적인 사랑에 바탕을 두고 있음을 분명하게 알고 있다. 그렇기 때문에 사랑이란 무엇인가를 아는 사람은 모든 것에 감사할 줄 아는 사람이 된다. 그 감사의 마음이야말로 사람과 사람이 조화를 이루는 힘이다. 그런 사람이 많이 존재하는 사회일수록 살기 좋은 사회가 된다.

　혹시 사랑이 버겁다고 느낀 적은 없는가?

　사랑이 부담스러운 것은 상대방이 보답을 기대하고 있음을 은연중에 느끼기 때문이다. 어떤 친절의 이면에는 그 대신 무엇을 해야 한다는 의무가 꼬리표처럼 달려 있다. 하지만 그것은 사랑에서 나오는 친절이 아니라 계약이다.

사랑이란, 원래 받은 사람에게 되돌려주는 것이 아니라 자신보다 어린 사람, 약한 사람에게 듬뿍 쏟아 붓는 것이다. 세상은 그렇게 해서 과거에서 미래로 사랑을 전해 간다. 사랑을 전달하는 것이 바로 현재를 살아가는 우리의 책임이고 역할이다. 하지만 최근에는 분노를 전하는 사람이 많아져서 걱정스럽다. 책임을 다하지 않고 있으니 자신이 무엇을 위해 살고 있는지를 알 도리가 없다.

사람은 사람을 사랑하기 위해 살고 있다. 다른 사람을 진심으로 사랑하면 그것을 알 수 있다. 회사에서 일하기 위해 살고 있는 것이 아니다. 좋은 대학에 들어가기 위해 살고 있는 것이 아니다. 이 세상에서 해야 할 자신의 소임을 깨달은 사람이 마지막에 웃는 사람이 된다.

54

자녀에게 자기 비하 교육을
하고 있지는 않은지 반성하라

뭔가를 하려는 순간, 항상 먼저 '나는 안 돼' '내가 어떻게 그 일을' 하고 생각하는 사람이 있다. "당신은 어리석고 못난데다 뚱뚱하기까지 해" 하는 말을 들으면 '맞아' 하고 순순히 믿어 버리지만 "그림을 잘 그리시네요"라든가 "음식 솜씨가 정말 좋네요" 따위의 칭찬을 들으면 쉽게 믿지 않는다. 나쁜 평가는 금방 믿으면서 '역시 나는 안 돼'라고 생각하는 데 반해, 자신에게 주어지는 긍정적인 평가는 좀처럼 믿으려 하지 않는다. 그 결과 자신에 대한 부정적인 평가만 기억에 남아 점차 자기 비하가 심해진다.

대체 왜 그렇게 자기 비하를 하는 걸까?

부모에게 자기를 비하하도록 세뇌를 당했기 때문이다. 자기 비하를 하고 있는 부모, 다시 말해 자신에 대한 자신감과 긍지가 없는 부모는 자신처럼 자기 비하를 하는 사람을 좋아한다. 그러므로 자녀가 자기 비하를 하고 있을 때 더욱 귀여워한다. 부모가 무의식적으로 자기 비하를 하도록 교육하는 셈이다.

　　자기 비하를 하는 부모는 자녀가 자신감과 확신을 갖고 살기 시작하면 못마땅하게 여기고 초조해하며 자녀의 행복을 파괴하려고 한다. 자녀가 기쁨을 손에 넣었을 때 함께 기뻐해 주기는커녕 마음을 상하게 하는 말을 한다. 인정하지 않겠지만, 자녀가 즐거워하는 모습에 질투를 느끼는 것이다. 반대로 자녀가 슬퍼하고 있을 때나 하는 일이 잘 안 될 때는 다정하게 대한다. 결국 불행하도록 만드는 꼴이다.

　　한편 자녀는 자기가 자기 비하를 하고 있으면 부모가 안심한다는 사실을 은연중에 알게 된다. 따라서 부모의 사랑을 받으려면 자기 비하를 해야 한다고 배운다. 자기 비하를 하고 있으면 부모가 화를 내지 않는다는 사실을 학습한 것이다. 가정에서 살아남으려면 자기는 무엇을 하건 잘될 리가 없다고 믿는 편이 유리하다는 것을 몸으로 익힌다.

　　이렇게 성장한 사람은 어른이 되어 부모로부터 독립하고 나서도 그런 생각을 계속 갖게 되어 자신에 대한 나쁜 평가는 쉽게 믿고 칭찬은 의심하는 사람이 된다.

55 자기 비하는 행복을 파괴한다

질투란 부정의 신호며 사랑의 반대다. 타인으로부터 자신의 존재가 부정되면 슬퍼진다. 더구나 부모의 질투는 몹시 괴롭고 슬픈 일이다. 무서운 일이지만, 마음이 충족되지 않는 부모는 자녀의 행복을 질투하기 쉽다.

이런 부모 밑에서 자란 자녀는 자기 비하를 하는 경우가 많다고 했는데, 이런 부모 슬하에서 자녀는 행복을 얻어도 질투를 피하기 위해 스스로 행복을 파괴한다. 참으로 안타까운 일이다. 부모에게서 질투를 받느니 차라리 스스로 불행해져 자기 비하를 하는 쪽이 편하다고 계산하는 것이다.

이렇게 성장한 사람은 친구도 연인도 자신과 비슷한 사람을 선택한다. 자기 비하를 하고 있는 사람이 사랑스러워 보이고 바람직한 인물로 비친다. 그리고 자기 비하 동맹을 결성하여 상대방도 자신과 똑같이 자기 비하를 하고 있음을 확인해야 안심한다.

자기 비하의 가장 커다란 해로움은 누구도 사랑할 수 없는 사람이 된다는 점이다. 상대방의 좋은 점을 찾으려고 애쓰는 사랑과는 정반대의 사랑을 한다. 자기 비하 속에 빠져 있으면 자신에게는 결점만 있다고 생각하기 때문에 상대방 또한 결점투성이라고 생각한다.

자기를 비하하는 사람은 무심결에 다른 사람의 흠을 들추어내고는 험담을 해야 안도감을 느낀다. 다른 사람의 좋은 점이 눈에 들어오면, 부모가 자신에게 그랬듯이 시기한다. 그리고 건방지다, 주제넘다, 제멋대로 군다면서 실컷 흉을 보고 싶어진다. 미처 의식하지 못하는 사이에 부모와 똑같은 행동을 하는 것이다. 사람은 모르는 사이에 자신이 대접 받은 대로 행동하기 때문이다.

일상이 습관적으로 되풀이되면 세월이 빨리 흐르는 것처럼 느껴진다. 늘 똑같이 되풀이되는 나날이 지루한 것 같지만 돌아보면 어느덧 1달, 1년이 지나 있으니 말이다. 낯선 길을 처음 갈 때에는 멀게 느껴지지만 익숙한 길은 같은 거리라도 가깝게 느껴지는 것과 같은 이치다. 인생이 더 이상 신선하지 않고 습관적으로 되풀이되면 1년이 하루처럼 느껴진다. 그런 자기 자신을 보면 두려워진다. 그래서 늙어 가는 것을 두려워하게 되는 것이다. 못한 일이 쌓여 있는데 시간이 사라져 가는 것에 대한 공포다.

이런 문제를 해결하기 위한 방법은, 자신이 기쁨을 몇 가지나 얻었는가를 헤아리는 것이다. 말하자면 하루에 1주일만큼의 기쁨을 맛보면 시간이 빨리 지나가는 것으로 느껴지지만 나중에 돌이켜 보면 하루가 1주일처럼 느껴진다.

예를 들어 아주 좋아하는 사람과 여행을 가서 기쁨의 감정을 공감했다고 하자. 그리고 함께 하면서 희로애락을 공유했다고 가정하자. 감정의 공유는 이루 표현하기 어려울 정도의 큰 기쁨이므로 하루에 많은 기쁨을 얻을 수 있다.

감정의 공유 자체가 기쁨이어서 여행지에서 무엇을 보았는지, 어떤 호사스러운 식사를 했는지 하는 것은 관계없다. 소중한 것은 몇 번, 그리고 얼마나 깊이 희로애락을 공감했는가 하는 점이다. 여행지에서 기쁨을 얻고 있을 때는 즐거움에 가슴이 두근거리고 있으니 당연히 순식간에 시간이 지나간다. 하지만 며칠이 지난 후 되새겨 보면 고작 1박2일의 여행이었는데 1달이나 되었던 것처럼 길게 느껴진다. 2일 동안 1달 분량의 기쁨을 맛보았기 때문이다.

'지금'이라는 한순간을 밀도 있게 살아가고 있으면 기쁨을 가득 채울 수 있으므로 단 하루를 1년으로 느끼는 일도 얼마든지 가능하다. 잃어버린 시간은 이렇게 하여 돌이킬 수 있다. 그러므로 거듭 말하지만 돌이킬 수 없는 인생이란 없다.

57 남을 싫어하는 만큼
당신에게는 결점이 많은 것이다

당신은 자신과 똑같이 아름답지 못한 부분을 갖고 있는 사람을 싫어하는가? 이 경우는 사실 싫어한다기보다 거북스러워하는 것이다. 상대방이 공격적인 사람이거나 의뭉스러운 사람이어서 가까이하고 싶지 않은 것이다. 이런 사람은 수적으로 그다지 많지 않다.

자신과 똑같이 아름답지 못한 부분을 갖고 있기 때문에 싫다고 느끼는 것은, 자신의 아름답지 못한 부분을 용납할 수 없어서 다른 사람의 아름답지 못한 부분도 용납하지 못하기 때문이다. 따라서 싫은 사람이 많다는 것은 당신에게 아름답지 못한 부분이 많다는 이야기가 된다.

그럼 여기서 말하는 아름답지 못한 부분이란 무엇일까?

그것은 부자연스러움이다. 생각과 정반대되는 행동을 하는 것이다. 마음으로는 다른 사람이 기쁨을 맛보도록 도울 생각인데 실제로는 다른 사람의 행복을 파괴하고 있다는 것이다. 자기가 남의 행복을 깨뜨리고 있다는 사실은 스스로 깨닫지 못하고 있으면서 다른 사람이 그렇게 하는 것은 잘 보이는 법이다. 따라서 자신과 똑같은 자기모순을 갖고 있는 사람을 보면 혐오한다.

돈과 학력에 구속되는 것도 부자연스러움이다. 어디까지나 돈과 명예, 학력은 살아가기 위한 수단일 뿐이다. 그런데 살아가는 목적과 수단으로 착각하고 있는 사람을 보면 매우 싫어한다. 착각에서 빚어지는 모순을 자신이 갖고 있으므로 똑같은 모순을 지니고 있는 사람을 용서할 수 없는 것이다.

싫어하는 사람이 많은 사람일수록 많은 부자연스러움과 모순을 안고 있다는 뜻이다. 사실 '저 사람은 속물이야'라고 말하는 사람이야말로, "저 사람은 쓸모없어"라고 말하는 사람이야말로 대개 속되고 쓸모없는 사람이다.

자신의 아름답지 못한 모습을 보지 못하는 사람일수록 다른 사람의 아름답지 못한 모습에 민감하다. 사람은 자신의 가장 부끄러운 모습을 보지 못하는 존재다.

58 역경의 이마에는 보석이 박혀 있다

우리의 삶은 어려움의 연속이라고 표현해도 과언이 아닐 정도로 여러 가지 일들이 꼬리를 물고 일어난다. 따돌림을 당하거나 질투의 대상이 되거나 이웃이나 친척 사이에 불화가 있거나 병에 걸리거나 ……. 아무튼 갖가지 어려움들이 닥친다. 하지만 이런 어려움들은 결코 불행한 사건도 비극도 아니다. 다만 그것에서 무언가를 배우라는 하늘로부터의 메시지다.

현실을 직시하고 자신의 진짜 마음을 직시하면 반드시 무엇인가 잡히는 것이 하나 있다. 그것을 잘 이용하면 행복해질 수 있다.

불행한 사건의 불행도가 마이너스 10이라면, 거기서 배운 것을 활용하면 미래에 얻을 수 있는 행복도는 플러스 100 이상이 된다. 그때 '그 사건은 행복하게 살라고 하늘이 보낸 메시지였구나' 하고 깨닫게 된다. 심지어 자신을 힘들게 만든 사람에게 고마움이라도 전하고 싶어진다.

한편 힘겨운 사건을 만났을 때 아무것도 깨닫지 못하는 사람은 인생에서 제대로 되는 게 없다고 불평만 늘어놓는다. 확실히 이런 사람에게 어려움은 그 사람을 불행하게 만들 정도로 무엇 하나 좋은 것을 가져다주지 않는다. 그래서 그는 불행한 사건을 몹시 싫어하게 된다.

문제가 일어날 때 그것을 미래에 잘 이용하는 사람은, 어려움이 지혜와 용기를 내 것으로 만들기 위한 중요한 과정이라는 사실을 깨달은 사람이다. 시행착오를 거치며 문제를 해결함으로써 지혜와 용기를 얻을 수 있기 때문이다. 지혜와 용기가 있는 사람은 자신 속에 있는 또 하나의 자신을 보며, 다른 사람의 마음의 이면을 보고, 인간이라는 존재의 본질을 본다.

또 하나의 자신을, 다른 사람의 마음의 이면을, 인간이라는 존재의 본질을 보지 못했다면 아직 지혜와 용기가 부족하다는 증거다.

59 강요에 못 이겨 이룬 성취는
반드시 무너진다

사람은 위협을 받으면 그 공포 때문에 어떤 명령에 따른다. 예를 들어 자녀는 공부를 하지 않으면 부모로부터 외면당할지 모른다는 두려움 때문에 공부한다. 공부가 싫은지 좋은지와 상관없이 그냥 공부를 잘 하는 사람이 되려고 한다. 딱 잘라 말하자면 부모에게 버림 받을까 두려워 열심히 공부한다.

하지만 그렇게 공부한 아이는 우수한 성적을 올려도 자신감과 자부심을 가질 수 없다. 공부를 잘할 수는 있어도 좋아할 수는 없는 것이다.

사랑과 신뢰를 지닌 사람은 다른 사람을 이끌려고 하지 않지만, 만약 그렇게 해야 한다면 기쁨으로 사람을 움직인다. 무엇을 하기만 하면 기쁨을 얻을 수 있을 거라고 조언한다. 절대로 강요는 하지 않는다. 하든 안 하든 그것은 어디까지나 본인의 의사에 따라야 하며, 그런 의사 결정의 자유는 인간의 존엄성에 바탕을 두고 있다는 것을 아는 것이다.

누군가가 해준 유익한 충고에 따라 행동한 결과로 커다란 기쁨을 손에 넣었다면, 자신에게 충고해 준 그 사람에게 감사하고 싶은 마음이 절로 우러난다. 그리고 그 기쁨을 타인에게도 알게 해주고 싶은 마음이 피어난다. 자신도 남에게 사랑이 담긴 충고를 하거나 기쁨을 갖도록 돕고 싶어지는 것이다. 행복의 동그라미가 커진다.

하지만 어린 시절 위협과 공포 때문에 뭔가를 해온 사람은 그런 상태를 무척 싫어했으면서도 똑같이 사람들로 하여금 위협과 공포 때문에 뭔가를 하게 한다. 그리고 어느 날 문득 정신을 차리고 보면 다른 사람에게 두려움과 불안을 주고 자신의 뜻대로 조정하려고 하는 자신을 발견한다.

사람은 좋은 것이든 나쁜 것이든 자신이 받은 대로 돌려주게 되어 있다.

60

자녀가 밖에서 사랑을 채우도록 가르치는 것도 부모의 의무다

부모의 의무란, 더욱이 자녀를 대하는 시간이 상대적으로 길 수밖에 없는 어머니의 의무란, 자녀가 부모가 아닌 사람으로부터 사랑을 채우는 방법을 가르치는 것이다. 부모의 애정만으로는 이 세상을 살아가기에 부족하기 때문이다. 아이에게는 스무 명의 부모가 지닌 만큼의 사랑이 필요하다. 그러므로 예전에는 친척과 친지와 이웃, 동네 어른들, 즉 지역 사회 전체가 아이들을 키웠다.

최근에는 부모로부터 사랑받지 못하고 있다고 고민하는 아이가 많은데, 그 고민의 핵심은 실은 부모로부터 사랑받지 못하는 고민이라기보다는 부모 이외의 사람에게서 사랑받지 못하는 고민이다. 부모로부터 넘치도록 사랑을 받으며 성장한 사람은 부모 이외의 사람에게서 어렵지 않게 사랑을 받을 수 있다. 그러나 그런 경험이 부족하면, 부모 이외의 사람에게서 사랑을 채우기란 매우 어려운 일이다. 솔직하게 사랑을 달라고 말할 수 없기 때문이다.

그 까닭은 첫째, 부모가 그것을 금지해 왔기 때문이다. 어린 시절 부모 이외의 사람으로부터 사랑을 받아 뿌듯해하고 있을 때 부모가 불쾌해하거나 싫어하는 기색을 보인 것이다. 그래서 부모가 아닌 사람에게 사랑받는 것을 나쁜 일로 여기게 된다. 심지어는 죄악으로까지 생각한다.

둘째, '너를 사랑하는 사람은 이 세상에서 엄마, 아빠뿐이란다. 엄마, 아빠 말고 너를 진심으로 사랑하는 사람은 이 세상에 없어'라고 세뇌되었기 때문이다. 그래서 자녀는 부모 이외의 사람을 만날 때 '어차피 당신은 우리 엄마, 아빠보다 더 나를 사랑해줄 리가 없어' 하고 의심한다. 그 때문에 다른 사람의 애정을 처음부터 거부하는 태도를 갖는다. 상대방에게 '나를 사랑하지 마' 하는 신호를 보내는 셈이다. 그래서 정말 부모 이외의 사람으로부터 부모 이상의 사랑을 받지 못한다.

사랑을 간절하게 원하는 사람일수록 이런 의심과 거부의 신호를 강하게 보내기 마련이다. 아이러니컬하게도 부모로부터 받은 세뇌 교육의 내용을 스스로 실천하고 증명하는 인생이 된다.

61

세상엔 나만이 해낼 수 있는 일이 반드시 있다

자신의 재능을 의심하면 재능을 마음껏 발휘할 수 없어 결국 자신에게는 정말 재능이 없다는 결론에 이르게 된다고 앞에서 말했다. 이것은 자기 비하를 심하게 하는 사람에게 흔히 보이는 특징이다. 원래 모든 점에서 다른 사람보다 뛰어난 사람은 있을 수가 없다. 그런데도 다른 사람보다 조금 뒤지고 있는 부분이 있으면 자기는 쓸모없고 아무 재주가 없는 사람이라고 멋대로 해석해 버린다. 그러고는 혼자 의기소침해 한다.

다른 사람보다 잘하는 일을 열 가지 갖고 있으나 다른 사람보다 못하는 게 한 가지 눈에 띄면, 전부 다 뒤지고 있는 것처럼 느낀다. 이래서는 제아무리 천부적인 재능을 갖고 태어난 사람이라도 자신감을 가질 수 없다. 또 매사를 의심의 눈길로 바라보기 때문에 자기에게는 재능이 없다는 정보가 기억에 또렷하게 각인된다. 재능을 멋지게 발휘해도 그다지 기억에 남지 않는다. 그래서 과거를 돌이켜 보아도 남보다 못해서 좌절한 자신에 기억밖에 없으므로 역시 자기는 아무짝에도 소용없는 인간이라는 결론에 이른다.

재미있는 일이지만 세상에는 이와는 반대로 아무런 근거 없이 '나는 특별한 존재야', '나는 언제나 옳아' 혹은 '나는 뛰어나' 하고 굳게 믿고 있는 사람이 있다. 그렇다고 이런 사람이 긍정적이고 적극적인 사고로 성공하느냐 하면 결코 그렇지 않다. 현실은 무시한 채 유리한 정보만 선택해 기억하니까 자기에게는 특별한 재능이 있다는 결론을 이끌어 내고도 실패하고 만다.

다른 어느 누구도 못해 내지만 오직 자신만이 할 수 있는 일이 있는가 하면, 다른 사람 모두 해낼 수 있지만 오직 자신만이 할 수 없는 일이 있다. 그 차이를 인정하는 것이 재능을 펼치는 데 대단히 중요하다. 자신에게 내재해 있는 재능을 꿰뚫어 보는 것 또한 재능 가운데 하나다.

자기 재능을 의심해서는 안 된다. 백해무익이란 바로 이런 것을 두고 하는 말이다.

62 돈이 되지 않는 재능도
분명 재능이다

십인십색이라는 말이 있듯이, 인간은 찬찬히 들여다보면 볼수록 매우 다양하다. 사람의 수만큼이나 많은 개성이 있다.

우리는 흔히 돈이 되는 개성을 재능이라고 부른다. 노래를 부르는 개성이 있는 사람이 가수가 되어 무대에 서면 사람들은 그 사람을 '재능 있는 사람'이라고 한다. 텔레비전이나 라디오에 나와 유명해지면 더욱 그렇다. 그러나 사람들에게 다정하게 대하는 개성을 갖고 태어난 사람이 다른 사람에게 상냥하고 부드럽게 대하는 것을 가리켜 '재능이 있다'고 표현하지 않는다. 꽃을 좋아하는 사람이 산과 들에서 어여쁜 꽃을 발견하고 그 아름다움을 알아보았다고 그것을 재능이라고 하지 않는다.

똑같이 즐기고 있는 일이라도 칭찬을 받거나 돈이 되는 개성을 재능이라고 하고, 그 밖의 개성은 그냥 개성이라고 부른다. 하지만 개성이든 재능이든 그 내용은 같다. 그것은 곧 그 사람의 특성이며, 이 지구에 발을 딛고 사는 사람의 수만큼이나 헤아릴 수 없을 정도로 각양각색의 재능이 있는 것이다.

사람은 자신의 개성을 발휘할 때 커다란 기쁨을 얻을 수 있다. 그러므로 중요한 것은 돈이 되는 재능을 찾는 것이 아니라 자신의 개성을 찾는 것이다. 그리고 재능이라는 말에 유혹되어 일희일비해서는 안 된다.

돈이 되지 않더라도, 사람들로부터 칭찬받지 못하더라도 자신이 기꺼이 몰두하고 열중할 수 있다면 그것으로 충분하다. 기쁨을 맛볼 수 있다면 사람들로부터 인정받지 못하더라도 괜찮다.

모든 사람에게 재능이 있을 수는 없으나 개성은 반드시 있기 마련이다. 그것은 이 우주에서 단 하나뿐인 개성이다. 그것을 끈기 있게 계속 찾으면 언젠가 반드시 발견해 낼 것이다. 모든 사람이 돈이 되는 개성, 즉 재능을 갖고 있다고는 할 수 없다. 따라서 그런 것에 굳이 얽매일 필요는 없다. 개성을 발휘하는 데 온 힘을 기울인 사람이 마지막에 웃는 사람이다.

63
토론이나 회의에서는
감상이 아니라 의견을 말하라

현대인의 최대 약점은 논리에 매우 약하다는 것이다. 그 이유는 의견과 감상을 혼동하고 있기 때문이다. 텔레비전이나 라디오와 같은 매체의 토론 프로그램은 차마 눈을 뜨고 볼 수 없을 뿐 아니라 듣기 괴로울 지경이다. 그저 서로 소리만 지를 뿐 토론이 되지 않는다. 토론이 되지 않는 첫 번째 이유는 의견을 제시하는 이가 없기 때문이다. 감상을 의견으로 착각한 토론 참석자들은 자신의 감상을 큰소리로 주고받을 뿐이다.

이것은 매스컴의 토론 프로그램에만 해당하는 이야기가 아니다. 학교에서든 회사에서든 마찬가지다. 이렇게 된 데에는 학교에서 의견을 제시하는 능력을 키우는 교육이 착실하게 이루어지지 않았다는 데 일차적인 원인이 있다. 학교 교육의 중대한 실수다. 의견과 감상을 구분하지 못하는 사람이 대다수여서 이런 상황이 잘못된 것인지조차 모른다.

지식이 있다고 모든 사물을 정확하게 판단할 수 있는 건 아니다. 지식이 있는 사람에게 진정한 지혜와 사물에 대한 명확한 이해를 기대해서는 안 된다. 그것은 환상이다. 지식과 지혜는 아무 관계가 없다.

의견이란, 사실로부터 논리를 전개하고 결론을 이끌어 내는 것을 말한다. 그리고 감상이란, 한 사람 한 사람의 개인적인 감정이다. 따라서 감상을 설명하는 것은 누구나 할 수 있는 일이지만 의견을 펴는 데는 상당한 노력이 요구된다.

자신의 의견을 설명하려면 다음과 같은 순서를 밟아야 한다.

우선 자신이 주장하고 싶은 가설을 세운다. 그리고 그 가설의 정확성을 뒷받침해 줄 사실들을 수집한다. 그리고 나서 모아들인 사실들에서 정말로 필요한 것을 취사선택하고 나열하여 모든 사람이 납득할 수 있는 논리를 형성해 간다. 이것이 과학적 방법론이다.

모든 사람이 이해할 수 있어야 과학이다. 초등학교 6학년 어린이가 이해할 수 없는 것은 과학이 아니다.

도무지 이해하지 못할 말을 하는 사람이 있다면, 그것은 그 사람이 제대로 이해하지 못하고 있거나 거짓말을 하고 있거나 논리가 엉망인 경우 중 하나이다. 결코 당신이 이해력이 부족해서 그런 것이 아니다.

객관적 사실과 자신의 감정을 철저히 구별하라

피아니스트가 있다고 하자. 열심히 연습해서 콩쿠르 우승을 노렸으나 3등을 했다. 콩쿠르에서 3등을 했다는 것은 '사실'이고, 분하다거나 우승한 사람을 때려 주고 싶다는 것은 '감정'이다. 그리고 사실을 조금 냉정하게 바라보면 '아, 나는 3등을 했기 때문에 억울해 하고 있구나' 하는 자기 자신의 모습을 볼 수 있다. 제3자가 자신을 보듯이 객관적으로 스스로를 바라보는 것이 가능해진다.

자신을 객관적으로 본다는 게 말처럼 간단한 일은 아니다. 사실보다는 감정에, 객관보다는 주관에 더 이끌리기 마련이다.

그런데 사실을 직시하지 못하고 분노의 감정이 뇌리에서 소용돌이치면, 분하다는 지점에서 사고가 멈추어 버려 모처럼 애써 얻은 3등이라는 성과마저도 높이 평가하지 않는다. 그리고 불쾌한 감정을 품은 채 다음날부터 다시 연습을 시작한다. 마음에 응어리를 품고 연습하면 다른 사람에게 감동을 주는 연주를 할 수 없다. 피아노를 치고 있는 본인이 음악을 즐길 수 없으면 다른 사람을 즐겁게 하는 것이 불가능하기 때문이다.

사실과 감정을 나누어 양쪽을 냉정하게 볼 수 있으면 다음과 같이 건설적으로 사물에 대해 생각하고 행동할 수 있게 된다.

'그래! 남에게 진 것에 마음이 상한 거야. 하지만 내가 피아노를 치는 의미는 그 사람을 이기는 것이 아니라 피아노를 치는 것을 즐기고 청중에게 감동을 주기 위한 것이잖아. 좋아! 내일부터 또 다시 순수한 마음으로 열심히 연습하자. 다음 콩쿠르에서 우승하지 못하더라도 상관없어. 나만의 연주를 할 수 있느냐 없느냐가 중요해.'

한때의 감정에 사로잡혀 있으면 오로지 자존심만 세져서 콤플렉스와 질투심으로 무장한 사람이 되어 버린다. 그러나 냉정하게 자신을 발견할 수 있으면 건설적인 노력이 가능해지고, 마침내 자신의 재능을 발견하고 이 세상에서 자신이 해내야 할 역할과 만나게 된다.

65 | 자신의 능력을 의심하느니
좋아하는 일을 미친 듯이 하라

어떻게 이 세상에서 내가 해야 할 사명을 찾을 수 있는가? 또 무엇을 동기로 삼아 자신의 능력을 키워 가야 하는가?

다름 아니라 자기가 좋아하는 것을 찾는 것이다. 좋아한다는 것은 그것을 할 능력이 있다는 뜻이기 때문이다. 즐겁다, 기쁘다, 상쾌하다, 좋다 하는 것에 비례하여 능력이 있는 것이라고 생각하면 틀림없다. 능력이 있기 때문에 좋아하는 무언가를 하는 것이므로 커다란 기쁨을 얻을 수 있으며 아무리 해도 싫증이 나지 않는다.

나의 연구실은 동물행동·생리학(세포생물학)과 인간행동학을 연구하는 곳이다. 생물학을 공부하고 싶지만 대학원에 갈지 말지 망설이고 있는 학생들이 나의 연구실을 자주 찾아오는데, 나는 학생에게 현미경으로 동물 세포를 관찰해 보라고 한다. 그리고 얼마 동안이나 재미있어 하며 세포를 보는지 시간을 재어 본다. 몰두하는 시간의 길이에 비례하여 능력이 있다고 생각하기 때문이다. 현미경으로 보이는 모습은 누구의 눈에나 똑같다. 거기서는 똑같은 정보량이 나온다. 하지만 얼마만큼의 정보를 파악할 수 있느냐, 얼마나 빠르게 파악할 수 있느냐 하는 것은 사람에 따라 다르다.

생물을 정말 좋아하는 학생은 몹시 흥미로워하며 세포를 관찰하여 다른 사람이 지나치는 작은 정보까지 결코 놓치지 않는다. 그러니까 관찰이 한결 재미있어진다. 그래서 점점 열심히 관찰하고, 그 결과 더욱 많은 정보를 얻는다. 그렇게 몇 시간이나 질리지 않고 보는 것이다. 하지만 생물을 좋아하지 않는 학생은 고작 몇 분만에 싫증을 낸다.

재미있다고 느낄수록 능력이 있는 셈이다. 즐거움을 느껴야 능숙해질 수 있다. 자신의 능력을 의심해선 안 된다. 자신의 능력을 의심하고 있느니 지금 하고 있는 것을 즐기는 게 낫다.

직감을 가볍게 여겨서는 안 된다

이성적인 사고와 논리적인 사고를 바탕으로 하는 판단보다 직감에 의한 판단이 옳은 경우가 훨씬 많다. '어쩐지 하기 싫어', '어쩐지 그 사람과 만나고 싶지 않아', '어쩐지 해서는 안 될 것 같아', '그렇게 하는 것은 나답지 않은 일 같아' 하는 등등의 생각이 든다면 무슨 일이든 하지 않는 편이 안전하다. 이렇다 하게 내세울 이유는 떠오르지 않지만 어쩐지 하고 싶지 않을 때에는 하지 않는 편이 좋다. 용기를 갖고 거부하라. 왜냐하면 직감이 들어맞는 경우가 많기 때문이다.

'어쩐지 이 사람은 나와 안 맞는 것 같아' 하는 직감이 드는 데도 자신의 직감을 의심하거나 결단을 내리지 못해 계속 그 사람을 만나는 경우가 많다. '어쩐지 이 옷은 어울리지 않는 거 같아' 하는 직감이 드는데도 친구가 괜찮다고 하면 그냥 선택하기도 한다.

말로 잘 표현할 수 없다고 해서 이유가 없는 것이 아니다. 직감을 가볍게 여겨서는 안 된다. 자신의 직감을 믿고 의지해야 한다. 단, 조건이 하나 있다.

사물을 사실과 감정으로 나누어 생각할 수 있는 사람에 한해서다. 사실과 감정을 혼동하여 직감을 작동시키면 잘못된 판단과 결단을 내릴 우려가 있다. 아무리 성능이 뛰어난 컴퓨터라도 잘못된 정보를 입력하면 잘못된 결과를 내놓는다. 그와 마찬가지로 정확한 사실을 뇌리에 입력해야 한다. 감정과 편견만 뇌리에 입력하면 직감은 잘못된 결론을 제시할 수밖에 없다.

그러므로 직감이 들어맞을 때와 맞지 않을 때가 있는 것은 사실과 감정을 정확하게 구분하지 못하기 때문이다. 확실한 정보로 직감을 작동시켰을 때의 '어쩐지'는 당연히 들어맞지만, 감정과 편견을 입력해서 얻은 '어쩐지'는 정답이 아니다.

직감은 올바른 정보를 입력하면 백발백중 맞는다. 사람의 직감은 대형 컴퓨터보다 성능이 매우 우수하다.

67 사실상 인간의 행복지수는 5퍼센트 차이밖에 나지 않는다

의사가 되고 싶은 사람이 의대에 합격하지 못하면 불행한 것처럼 생각한다. 반대로 합격한 사람은 행복해질 수 있을 거라고 생각한다.

하지만 합격해서 의사가 되든 불합격해서 다른 직업을 갖든, 혹은 부자가 되든 높은 지위를 얻든 간에 그 사람의 행복지수는 ±5퍼센트 이내의 차이밖에 없다. 다시 말해 의사가 되어 행복지수가 70인 사람은 비록 불합격이 되어 다른 직업을 가져도 행복지수가 67에서 73 사이가 된다는 뜻이다. 사람의 행복지수란 이처럼 돈이나 명예나 학력과는 관계가 없는 것이다. 돈과 명예와 학력이라는 요소는 우리의 행복에 5퍼센트 정도밖에 영향을 미치지 못한다.

사람이 행복하다고 느끼는 요소는 세 가지인데, 좋은 남편(아내)과 만나는 것, 좋은 친구를 갖는 것, 그리고 자신이 이 세상에서 이루어야 할 역할을 해내는 것이다.

공부를 열심히 하면 성적은 오르지만 머리가 좋아지는 것은 아니다. 또한 성적이 우수하다고 머리가 좋은 것도 아니다. 능력은 태어나면서부터 우리 안에 내재해 있는 것이며, 그것이 곧 개성이고 그것을 찾는 것이 인생이다.

학업 성적은 인간의 능력을 나타내는 지표가 아니다. 사람의 숫자만큼이나 다양한 개성이 있듯이, 사람의 숫자만큼이나 다양한 능력이 있다. 또한 사회는 사람의 숫자만큼이나 다양한 재능을 필요로 한다.

속된 가치관에 넘어가서는 안 된다. 오로지 학력을 위해서, 하고 싶지도 않은 공부를 지나치게 하면 기쁨과 즐거움을 느낄 수 없다. 다행히 좋은 대학에 들어간다 해도 인생을 즐길 수 없는 사람이 되고 만다. 학력과 바꾸기에는 너무나 막대한 손실이다. 돈과 명예, 학력은 살아가기 위한 수단이지 살아가기 위한 목적이 아니다. 그러므로 그것을 전부 소유한다 해도 반드시 행복을 맛볼 수 있는 것은 아니다.

68

문제의 원인은 무엇이든
부족한 데 있다

살다 보면 뜻하지 않은 문제들과 만나곤 한다. 이때 혼자 힘으로 해결하려고 하는 자세는 높이 살 만하지만, 혼자의 노력으로 해결할 수 있는 문제는 전체의 단 10퍼센트도 안 된다. 90퍼센트 이상은 다른 사람의 도움 없이는 해결할 수 없는 문제들이다. 그런데 남들이 내 부모 이상으로 나를 도와줄 리 만무하다는 비뚤어진 마음을 갖고 있으면 문제는 해결되지 않는다. 타인의 손길을 거부하면 영원히 해결할 수 없는 문제가 많다.

흔히 노력해도 결실을 맺지 못하는 일이 있다고 하지만, 절대로 그런 일은 없다. 다른 사람을 믿지 않은 채 노력하니까 원하는 결과를 얻지 못하는 것이다. 다른 사람을 믿고, 자신을 믿고 그리고 미래를 믿고 노력하면 반드시 결실을 맺는다. 그런 의미에서 이 세상은 매우 평등하다.

그렇다면 어째서 문제를 해결하는 데 다른 사람의 도움이 필요한 걸까?

문제라는 것은 본래 무언가 부족한 것이 있어서 발생하는 경우가 많다. 대개 부성애, 모성애, 수용, 공감, 격려, 이해 같은 것들이 부족하기 쉽다. 이런 것들을 부모나 형제, 친척이 전부 메워 줄 수 있는 건 아니다. 바꿔 말하면 삶에서 우리의 발목을 잡는 뜻밖의 문제를 해결하는 데는 부모, 형제, 친척 아닌 사람들의 도움과 지원이 꼭 필요한 경우가 많다는 뜻이다.

하지만 부족한 게 많은 사람일수록 남에게 의지하지 않으려 한다. 고작 부모와 형제에게 의지할 뿐이다. 그러나 마냥 부모 형제에게만 의지한다면 아무 의미가 없다. 다른 사람에게 고민이나 비밀을 털어놓기를 거부하면 영원히 문제를 풀 수 없다.

안타깝게도 다른 사람을 불신하는 사람일수록 남에게 의지해서는 안 된다는 생각에 의지한다. 그래서 각고의 노력을 기울여도 문제가 해결되지 않는 것이다. 다른 사람을 믿고 의지하려고 애쓰다 보면 무엇이 의지해야 하는 일이고, 무엇이 의지하면 안 되는지를 자연스럽게 알게 될 것이다.

69

희망을 부정하지 말라,
그것은 가장 큰 손실이다

무엇이든 하고 싶다는 희망을 간절하게 품고 있으면 달성되는 법이다.

사람을 사랑하고 싶은데 사랑할 수 없다고 고민하는 사람이 많다. 그러나 '누군가를 사랑할 수 있을까?', '좋은 사람과 결혼할 수 있을까?' 하는 문제에 대해 부정적으로 생각하거나 자신의 희망을 마치 남의 일인 것처럼 생각하면 아무리 하찮은 일이라도 실패한다. 그리고 희망은 멀어져 간다.

이렇게 좌절하면 할수록 그에 비례하여 다른 사람의 성공을 시기하는 사람이 되어 간다. 그리고 그런 스스로의 모습을 혐오하며 더욱 염세적이 된다.

부정적인 발상을 하는 사람들은 '남들보다 몇 배는 노력했으나 모두 소용없어' '사람들도 나를 믿지 않지만 나 자신도 나를 믿을 수 없어' '내가 이 모양인데 어떻게 미래를 믿을 수 있겠어'라고 변명을 늘어놓는다. 결국 행운이 거저 굴러들어 오기를 기다리는 수동적인 태도가 되어 버린다.

　노력하기를 포기하면 절호의 기회가 코앞까지 다가와도 그것을 기회로 보지 못한다. 이것이 포기의 최대 손실이다. 그렇게 되면 '역시 아무리 해도 안 돼. 내가 꿈을 꾸다니 어리석었지' 하며 비관적인 인생관에 빠진다. 당연히 이런 사람은 다른 사람의 성공을 질투한다. 다른 사람의 성공을 지켜보는 것이 배가 아플 뿐 아니라 자신이 꿈을 포기했으니 당연히 다른 사람도 꿈을 포기하기를 바란다. 은연중에 다른 사람도 인생에 실패하기를 바라게 되는 것이다.

　그런 사람은 무심코 주위 사람에게 부정적이고 비판적인 말만 퍼부어 우울하게 만든다. 해충이나 마귀할멈과 다름이 없는 사람이다. 다른 사람의 발목을 잡아끌지 않고서는 견딜 수 없는 해충과 같은 사람이 되고 만다. 게다가 무의식적으로 그렇게 하기 때문에 자신의 행동을 부끄럽게 여기지도, 죄의식을 느끼지도 않는다.

70

무조건 비판만 하는 상사와는 상종하지 말라

늘 불평을 입에 달고 사는 사람일수록 정작 자신은 적극적으로 행동하지 않는다. 다른 사람이 하는 행동을 비난할 뿐, 자신은 무엇 하나 제대로 하지 못한다. 다시 말해 아무것도 하지 않으면서 비판만 하는 것이다.

그렇다면 하다못해 다른 사람을 방해하지나 않으면 좋겠는데, 마음속에 불만이 가득한 사람일수록 누군가를 괜히 물고 늘어지고 싶어 안달한다. 참으로 처치 곤란한 사람이다. 이런 부류의 사람에게는 푸념을 늘어놓는 것이 삶의 보람이다. 이치에 맞느냐 맞지 않느냐, 인간적이냐 비인간적이냐, 정당한가 비겁한가에 아랑곳하지 않고 무조건적인 비판을 해댄다. 그리고 누군가가 권위 있는 사람에게 맞서는 모습을 보면 통쾌해 한다.

이런 사람은 사실 자기 자신에게 불만이 있는 사람이지만, 불만의 원인을 남의 탓으로 돌리려는 사람이다.

다른 사람을 탓하고 있는 한 문제는 무엇 하나 해결되지 않는다. 건설적인 삶의 자세를 가질 수도 건설적인 말을 할 수도 없다.

무턱대고 큰소리치는 사람은, 자기는 훌륭한 말을 하고 있다고 굳게 믿지만 말도 안 되는 소리만 떠들어댈 뿐이다. 비록 순간적으로는 사리에 맞는 것처럼 보이더라도 폭넓은 시야로 보면 귀에 걸면 귀고리, 코에 걸면 코걸이 식으로 아무런 상관이 없는 말이거나 부분적으로만 사리에 맞을 뿐이다.

남을 비판하는 데 에너지를 몽땅 써버리는 이런 사람의 비판은 불쾌감밖에 나오지 않는다. 이런 사람의 근거 없는 비판은 무시하는 것이 최선의 방법이다. 비판을 받으면 누구나 불쾌해지고 반론을 펴거나 설득하고 싶어진다. 그러나 이런 사람은 당신의 의견에 반대하기 때문에 당신을 비난하는 것이 아니라, 당신의 모든 것이 그냥 마음에 들지 않는 것이다. 마음에 드는 것이 무엇이냐고 물어도 도무지 일관성도, 철학도 없이 횡설수설한다.

그런데 희한하게도 이런 사람이 직장의 상사인 경우가 있다. 이런 사람이 상사라면 단념하는 것이 좋다. 그의 말을 한 마디라도 덜 들으면 운 좋은 날이라고 여기는 것이 최선이다.

71

의심에 정열을 기울이는 사람은
결국 자신도 못 믿게 된다

사람들은 '세상이 냉정하기 짝이 없는 곳'이라고 자주 말한다. '나를 진심으로 생각해 주는 이 하나 없다', '따뜻한 눈길로 보아 주는 이 하나 없다'는 등의 불만을 표시한다. 그런데 이런 사람은 신으로부터 사랑을 받아도 그것을 조건 없는 사랑이라고 인정하지 않을 사람이다.

왜냐하면 의심하는 데에 정열을 기울이고 있기 때문이다.

예를 들어 이런 식이다. 친구가 아파서 입원했다고 하자. 마음속에는 친구를 동정하는 자신이 있는가 하면, 다른 한편으로는 다른 사람의 불행에 안심하는 자신이 있다. 꽃을 들고 걱정스러운 표정으로 병원으로 찾아간다. 친구가 반갑게 맞아 주니 좋은 일을 했다고 스스로 자화자찬한다.

그런데 어느 날 이번에는 자신이 입원하게 되었다고 하자. 친구가 문안을 와도 순수하게 기뻐할 수 없다. '너는 내가 아파서 불행하게 되었으니까 우월감을 느끼며 꽃을 사들고 왔겠지' 하는 생각을 떨칠 수가 없는 것이다.

이런 생각의 근거는 다름 아닌 자기 자신이다. 우월감을 맛보며 문안을 갔었기 때문에, 이 같은 생각을 갖고 있는 한 누가 와도 의심의 마음을 버리지 못한다.

의심에 정열을 쏟는 사람은, 다른 사람에게 속지 않으려고 안간힘을 쓴 나머지 자신이 의심에 온 힘을 기울이고 있다는 사실을 깨닫지 못한다. 더 이상 상처 받지 않기 위해 자신을 지키려고 하는 것이다. 그렇게 하면 상처를 최소한으로 줄일 수는 있다.

그러나 상처를 피할 수 있을지는 몰라도 결코 마음에 사랑이 들어오지 않는다. 조건 없는 사랑을 원한다면 자신부터 먼저 다른 사람에게 조건 없는 사랑을 주어야 한다. 그러지도 않으면서 자신을 사랑해 주는 이가 없다고 푸념하는 것은 모순이다.

72 자신도 모르게 상대방에게
준 상처가 더 크다

"당신은 과거에 누군가에게 상처를 준 적이 있습니까?"

이런 질문을 받으면 "아, 그러고 보니 그때 ……" 하고 대답하는 사람이 꽤 있다. 하지만 그런 상처가 타인에게 심각한 경우는 별로 없다. 오히려 자신도 모르게 안겨준 상처가 훨씬 심각하다.

어느 백화점 매장에서 일어난 일이다. 그날은 크리스마스를 며칠 앞두고 있어서 무척 붐볐다. 계산대 앞에는 손님들이 줄지어 있었다. 그런데 예순 살은 넘어 보이는 백발의 부인이 오더니 갑자기 앞에 선 사람의 바로 오른쪽에 섰다. 모두 한 줄이 되어 순서를 기다리고 있는데 그 부인은 마치 자신이 맨 앞에 선 사람의 오른쪽에 선 것도 모른다는 투였다.

두세 사람의 손님을 보내고 나서 그 부인은 카운터에 자신의 물건을 당당하게 올려놓았다. 마침 초등학생 여자아이의 차례였다. 아이는 어리둥절한 눈으로 그 부인을 쳐다보았다. 그러나 자기가 무얼 잘못했는지 모르는 그 부인은 '별 이상한 아이를 다 보겠

네' 하는 표정으로 오히려 아이를 쳐다보았다. 여자 아이는 금방이라도 울음을 터뜨릴 듯한 표정을 지었다. 아마 그 부인은 자신이 아이에게 상처를 주었다는 생각은 추호도 하지 않았을 것이다. 그 아이가 자신을 기분 나쁜 눈길로 버릇없이 쳐다보았으니 자신이 피해자라고 생각했을지도 모른다.

그 부인은 아마 종종 그런 행동을 할 것이다. 다른 사람의 입장이나 사정 따위는 안중에 없는 사람이고, 다른 사람의 아픔을 이해하려는 배려가 없는 사람이다. 주변 사람들은 이런 사람을 멀리하지만 정작 본인은 사람들이 왜 자기를 멀리하는지 전혀 알지 못한다.

배려는 남의 비위나 맞추는 것이 아니다. 상대방에게 미움을 받고 싶지 않아 자청해서 노예가 되는 것은 더 더욱 아니다. 배려는 아무런 조건 없이 상대방의 아픔을 깊이 헤아리는 마음을 말한다.

73

내가 싫어하는 것을 남에게
강요하는 것은 상대방에 대한 공격이다

　　자신의 개성과 능력을 발휘하고 있는 모습이 가장 아름답고 고귀하다. 그런 모습을 계속 지킬 수 있도록 응원하는 것이 곧 생명에 대한 사랑이다. 그런데 그저 단순하게 힘을 내라고 말하는 것이 응원은 아니다. 최고의 응원은 마치 내 일처럼 그 기쁨에 공감하는 것이다. 기쁨을 나누는 기쁨을 알고 있는 사람이라면 누구나 할 수 있는 일이다.

　　상대방의 형편과 입장을 배려하는 것 역시 생명에 대한 사랑이다. 상대방에게 전화할 때 '식사 중일지도 몰라. 책을 읽고 있는 건 아닐까? 전화 걸기가 조금 미안한데 ······ '라고 생각하는 것이다. 비록 입 밖에 꺼내지 않아도 상대방은 모두 알아듣는다. 반대로 이런 생각을 전혀 하지 않는다 해도 상대방을 금방 알아챈다.

　　자신에 대해서는 최대한 신경 쓰면서 남의 사정과 입장은 조금도 고려하지 않는 사람이 많아서 당혹스럽다. 자신의 불안을 해소하는 데 힘에 부쳐 상대방의 사정을 고려할 여유가 없는 것일 테지만 아무렇게나 행동하면 상대방은 상처를 입는다. 상대방의 형편을 무시하는 것도 폭력의 하나다.

자신이 튀김 요리를 하고 있을 때 전화가 걸려 와서 곤란한 경험이 있었다면, 내가 전화를 걸 때 상대방이 튀김 요리를 하고 있으면 어쩌나 하고 헤아리는 것이 생명에 대한 사랑이다. 이것은 생명 사랑의 세 번째 조건인 상대방의 아픔을 헤아리는 마음과 같다.

다름이 아니라 '내가 싫어하는 것은 남에게도 하지 말라'는 것이다. 자신이 당해서 불쾌한 일은 남에게도 하지 않도록 조심해야 한다. 상대방의 아픔을 헤아리고 상대방을 배려하는 마음이 없으면 자신도 모르는 사이에 사람들이 싫어하는 행동을 해서 상대방을 불쾌하게 만든다. 이는 생명에 대한 미움이다.

74 스스로 고귀하려는 노력이
가장 고귀하다

어떤 선승이 있었다. 10대 수행승 시절에 그는 어느 절에서 온갖 허드렛일을 하고 있었다. 그 절에는 한 노파가 있었는데, 노파는 턱 하나로 젊은 그를 마치 노예처럼 부려먹었다. 그래도 그는 불평 한마디 없이 훌륭한 선승이 되겠다는 일념으로 열심히 일했다. 그리고 하루빨리 선의 길에 다다르고 싶은 마음으로 수행에 힘썼다.

그러던 어느 날 그가 불당에서 좌선에 열중하고 있을 때, 그 노파가 난데없이 그를 향해 부처에게 합장 배례하듯 허리를 깊이 숙이며 절을 하는 것이었다. 그때 그는 인간이 고귀하고자 노력하는 것이 얼마나 중요한가를 깨달았다.

중요한 것은 지금 어떤 모습인가가 아니라 앞으로 어떤 모습이고 싶은가 하는 것이며, 진정으로 고귀한 것은 고귀하고자 노력하는 모습이다. 아름답게 머물려고 하는 마음이야말로 고귀하고 아름답다.

사람이 사람에게 매력을 느끼는 것 또한 그런 의욕을 발견하고 느낄 때다. 과거가 어땠는가, 지금은 어떤가 하는 것보다 앞으로 고귀한 사람이 되려는 데 사람들은 매력을 느낀다. 그런 노력을 하지 않는 사람은 과거가 어땠는가에만 매달려 이제는 모두 끝나 버린 일인데도 쓰라린 과거를 떠올리고는 애를 태운다. 그리고 지나간 시간을 한탄하는 모습을 미래로 연장한다.

미래를 만들려는 의욕이 없는 사람은 고귀한 것이 무엇인지, 아름다운 것이 무엇인지 이해하지 못한다.

75

세상이란 정말 묘해서 존경받고 싶은 마음이 없는 사람을 존경하기 마련이고, 감사를 받고 싶은 마음 없는 사람에게 감사하기 마련이다. 또 거짓말을 하고 있는 사람일수록 다른 사람의 거짓말을 용납하지 않는다. 그리고 자신에게 너그러울수록 다른 사람에게 냉혹하다. 존중과 존경, 감사와 귀한 대접을 받고 싶어 하는 사람일수록 다른 사람에게 아무것도 받지 못한다.

다른 사람들로부터 존중받고 싶다면 자기가 먼저 남을 존중해야 한다. 다른 사람들로부터 감사받고 싶다면 자기가 먼저 경의를 표해야 한다. 다른 사람들로부터 소중한 사람으로 대접받고 싶다면 자기가 먼저 남을 소중하게 대접해야 한다.

언제나 다른 사람을 존중하고 다른 사람에게 감사하는 사람은 존경받고 싶다거나 감사받고 싶다는 생각을 아예 하지 않는다.

제대로 된 사람은 존경받고 싶다는 생각이 머릿속에 사라질 때까지 마음을 가다듬는다. 존경받고 싶다고 바라는 것 자체가 아직

인격이 제대로 갖추어지지 않고 있다는 증거로 간주한다. 우리는
그런 생각을 하지 않게 될 때까지 마음을 다스려야 한다.

그런데 세상엔 온통 존경받고 싶고 소중하게 대접 받고 싶은
사람들뿐이다. 행동 하나를 할 때마다 감사라는 보상을 기대하고,
한 번 노력할 때마다 존경 받으려는 사람으로 가득하다. 볼썽사나
운 광경이지만 당사자는 그것이 비열한 일이라는 것을 전혀 깨닫
지 못한다.

이런 사람은 막상 자신이 반드시 감사해야 할 일인데도 감사하
지 않는다. 그러니 신변의 모든 것이 뒤죽박죽에다가 모순투성이
가 된다.

76

슬픔과 괴로움은 저절로
사라지는 법이 없다

사람들은 시간이 지나면 괴로운 일을 잊을 수 있을 것이라고 말하고 생각한다. 하지만 안타깝게도 우리의 마음은 그렇게 편리하게 만들어져 있지 않다. 시간이 마음의 상처를 치유해주는 경우는 거의 없다.

지나간 시간의 마음 아픈 일을 정말 잊을 수 있는 사람은 매일을 생기 있게, 즐겁게 사는 사람뿐이다. 그런 사람이 과거를 뒤돌아보면 괴로운 추억이 어느덧 작아져 있음을 깨닫게 될 것이다.

그러나 여전히 자기실현을 하고 있지 않은 사람, 즉 매일 즐겁게 살고 있지 않은 사람에게는 과거의 쓰라린 추억이 절대로 작아지지 않는다. 오히려 매일매일 괴로움이 커져 간다. 왜냐하면 그것을 잊으려는 심리 조작을 하면 할수록 그것이 부메랑이 되어 쓰라린 추억을 더욱 또렷하게 만들기 때문이다.

따라서 과거가 현재의 자신을 괴롭힌다. 그래서 괴로운 추억이 많은 사람일수록 살아가기가 힘들다고 하는 것이다. 지난 시절의 힘겨운 추억은 불안과 불쾌를 낳는다.

이 문제를 해결하기 위해서는 과거를 직시해야 한다. 보고도 못 본 체하니까 괴로움이 한층 커지는 것이다. 직시하면 그 순간은 견디기 힘들어 눈물이 나지만, 그 눈물이 그 상처 때문에 흘리는 마지막 눈물이 된다. 그리고 나면 다음부터는 웃으면서 지낼 수 있다.

자신의 가슴 아린 시절을 웃으며 이야기할 수 없다면 과거의 상처를 해결했다고 볼 수 없다. 웃으며 이야기할 수 없는 힘겨운 과거를 많이 갖고 있으면 다른 사람에게 마음도 열 수 없다. 마음을 여는 순간 마음속에 숨겨 놓았던 지난 시절의 일들이 튀어나오기 때문이다.

마음을 닫으면 자신을 격려해 주고 도와줄 사람을 찾을 수 없다.

77

세상을 모두 차지한다 해도
열등감은 남는다

사람은 누구나 열등감을 갖고 있다. 돈은 얼마든지 있지만 애정에 굶주려 있거나 학력과 명예는 있지만 친구가 없거나 ……. 그래서 열등감을 느끼지 않으려고 모두 기를 쓰고 돈과 명예, 학력을 탐낸다. 명품을 가지려고 하는 것도 같은 이유에서다. 명품으로 온몸을 감싸고 자신의 열등감을 어떻게든 벗어 보려고 하는 것이다. 열등감은 우리를 불안에 빠뜨리는 적이다.

하지만 돈과 명예, 학력을 모두 내 것으로 만들어도 열등감으로부터는 해방되지 못한다. 설사 노벨상을 받는다 한들 열등감을 지울 수는 없다. 자신의 열등감을 극복하기 위해 훌륭한 조건을 갖춘 남자와 결혼하겠다거나 근사한 옷으로 치장하려는 사람들이 상당히 많다. 그리고 반드시 보란 듯이 성공하겠다거나 명예를 거머쥐고 말겠다는 사람도 많다. 그러나 한마디로 말해서, 의도만큼 성공하기는 힘들다. 아무리 해도 열등감은 끈질기게 남는다.

열등감을 벗어 던지는 유일한 길, 그것은 사람을 사랑하는 것이다. 진심으로 다른 사람의 행복을 원하고 다른 사람의 불행을 슬퍼하면 모든 열등감에서 벗어날 수 있다. 그래도 열등감으로부터 해방되지 못한다면 자신의 사랑이 진실하지 못하다고 생각하라.

오로지 강인한 사람만이 다른 사람을 사랑할 수 있다. 다른 사람을 사랑할 때는 마음을 열고 무장 해제한 상태가 되어야 한다. 무장 해제한 순간 곧 공격을 받아 상처를 입을 수도 있기 때문에 자신감이 있는 사람만이 다른 사람을 사랑할 수 있는 것이다. 또한 자신감은 다른 사람을 사랑함으로써 더욱 성장한다. 자신감이야말로 열등감을 해소하는 최대의 무기가 아닌가.

78

내면의 목소리에도
진짜와 가짜가 있다

사람은 누구나 어떻게 해야 할지, 어떤 사람이 되어야 할지 고민한다. 이 고민들의 정답은 스스로 무엇을 하고 싶다는 마음속에 있다. '어떻게 해야 할까'보다 나는 '무엇을 하고 싶은가'에 중점을 두어 행동하면 고민하지 않아도 된다.

마음의 소리를 들어라! 그 당시는 왜 그래야 하는지 이해할 수 없더라도 나중에 돌이켜 보면 모두 의미 있는 행동이었음을 알게 될 것이다.

앞에서 설명한 직감과 마찬가지다. 어떤 충동이 솟는 것은 마음도 몸도 그것을 해야 할 때가 오고 있음을 알려 주는 메시지이자 그것을 하라는 메시지다. 내 마음의 소리다.

그러나 반드시 주의해야 할 것이 있다. 얕은 곳에서 들려오는 마음의 소리는 거짓인 경우가 종종 있다. 마음의 깊이에는 여러 층이 있는데, 가장 깊은 곳에서 보내지는 소리가 진짜다. 그런데 자신에게 핑계만 대는 사람이나 스톡홀름 신드롬에 빠진 사람은 마음의 얕은 곳에서 들려오는 소리를 듣는다. 이것은 가짜다. 진짜 마음의 소리는 작게 들리고 얕은 곳의 가짜 소리는 크게 들린다. 어지간히 조심하지 않으면 커다란 소리를 진짜로 착각하고 행동하기 십상이다.

지금 들려오는 마음의 소리가 얕은 마음에서 들려오는 것인지, 아니면 깊은 곳에서 들려오는 것인지를 구분하기 위해서는 시행착오를 거치며 훈련하는 것 외에 다른 방도가 없다. 심층에서 나는 소리는 비록 작지만 표층에서 나는 소리와 미묘하게 다르다. 이 차이를 터득할 수 있으면 문제는 의외로 간단하게 해결된다.

언제나 저 밑바닥에서 울리는 소리를 듣다 보면 자신도 모르게 어느 사이에 마음속 깊은 곳에서나 얕은 곳에서나 같은 소리가 들여오게 된다. 이렇게 되면 어디서 들려오는 소리를 들어도 그것이 바로 정답이다.

79

사소한 짜증 자체보다는 그 밑에 숨은 거대한 분노가 더 문제다

짜증은 외부의 자극보다는 오히려 내부의 원인 때문이다. 전철에서 발을 밟혀 화가 나더라도 그 분노를 집까지 갖고 가는 일은 대부분 없다. 집에 도착해도 여전히 짜증이 나는 것은 그 일이 원래 마음속에 있는 분노를 건드렸기 때문이다. 마음에 분노가 쌓여 있지 않으면 짜증은 오랜 시간 지속되지 않는다.

그럼 내면에 있는 분노란 어떤 것일까?

그것은 대개 어린 시절에 느낀 분노인 경우가 많다. 중학생 이후 까닭 없이 짜증이 나는 것은 유아기에 뭔가 불만이 쌓였거나 부모에게 충분히 사랑을 받지 못한 데 그 원인이 있다. 과거의 분노가 현재의 자신을 초조하게 만드는 것이다. 하지만 분노의 근원이 유아기에 있다는 사실을 인식하기는 어렵다. 그래서 자신도 미처 깨닫지 못한 채 이유 없이 분노를 아무 관계없는 사람에게 터뜨리는 것이다.

예를 들어 아버지에 대해 분노를 갖고 있다면 그것을 남자 선

생님이나 남자 상사에게 발산한다. 남들이 보기에는 트집을 잡고 있는 것으로밖에 비치지 않지만, 본인은 정당한 분노를 표현하고 있다고 생각한다. 남자 상사를 보고 있으면 공연히 짜증이 나고 불평을 하고 싶어지는 데, 그것이 과거의 분노에 의한 것이라고는 깨닫지 못한다. 어머니에 대한 분노를 품고 있는 남성의 경우, 연상의 여성을 향해 분노를 터뜨리는 수가 있다. 아버지에 대한 분노와 마찬가지로 자신의 어머니와 비슷한 나이의 여성을 보면 괜히 짜증이 나는 것이다.

자신은 정당하다고 생각하지만, 이런 상태가 계속되면 엉뚱한 말썽을 일으키고 만다. 이런 불필요한 갈등을 방지하려면 평소에 느끼는 짜증의 진짜 원인을 분석해야 한다. 분노와 짜증의 메커니즘을 이해하는 것만으로도 말썽은 줄어들게 될 것이다.

80

사람은 충분히
좋아하는 일만 하면서 살 수 있다

괴로움은 아무리 참아도 소용이 없다. 마음이 비뚤어질 뿐이다. 비록 남들이 부러워할 만한 성공을 거둔다 해도 자신감을 가질 수 없고 자기 혐오나 자기 비하에 빠지고 만다. 이를 테면 공부하기는 싫지만 어쩔 수 없이 열심히 공부해 명문 대학에 입학했다면, 자존심은 높아지지만 자신감과 자부심을 가질 수는 없다. 싫어하는 공부를 억지로 하면 우수한 성적을 올려도 마음은 피폐해진다.

그리고 남에게도 불합리한 일을 강요하게 된다. 부하 직원이나 자녀에게 고압적인 태도를 보이는 이면에는 자기 비하가 있다.

싫어하는 것을 하고 있으면 사람의 마음은 황폐해진다. 하물며 싫어하는 것을 강요받으면 마귀할멈이 되고 만다. 굳이 하지 않아도 되는 불합리한 고생은 사람의 심성을 비뚤어지게 만든다. 좋아하는 것을 해야 자신감과 긍지를 가질 수 있으며, 좋아하는 것을 함으로써 얻은 기쁨이 배려와 다정함, 그리고 감사할 줄 아는 마음을 키운다는 것은 아무리 강조해도 지나침이 없을 것이다.

그러나 사람은 좋아하는 일만 하며 살아갈 수는 없지 않느냐는 반론도 있을 법하다. 그러나 그것은 핑계이자 용기가 없는 사람의 꼴사나운 변명에 불과하다. 주위의 반대를 무릅쓰고 자신이 좋아하는 것을 실행할 수 없었던 사람의 변명일 따름이다.

좋아하는 것을 계속하려면 목숨을 걸 수 있을 만큼 단단한 각오가 필요하다. 자신의 기쁨을 방해하는 사람은 누구든 극복해 내겠다는 정도의 각오 없이는 좋아하는 일을 계속할 수 없다. 그만큼 대단하고 어려운 일이다. 좋아하는 일을 하지 않으면서 즐거움을 결코 발견할 수 없다.

81

남이 나를 미워하지 않을까
걱정하지 말라

인간관계로 고민하는 사람은 대개 이상하리만큼 다른 사람이 자신을 미워하지 않을까 두려워한다. 그리고 상대방이 자기를 어떻게 생각하고 있는지에 대해 무척 신경을 쓴다. 그런데 이런 사람은 자기 자신에게 '나는 누구를 좋아하지?' 하는 기본적인 질문은 던지지 않는다. 자기가 상대방을 좋아하는지 아닌지는 생각지 않고, 눈앞에 백 명이 있으면 백 명 모두에게서 미움을 받지 않기 위해 애쓴다. 미움을 받지 않을 수 있다면 기꺼이 노예라도 되겠다고 생각한다.

다른 사람과 원만하게 지내기 위해 속을 태우는 사람은 자기를 싫어하는 사람과 부정하는 사람을 일부러 찾아내 그 사람에게 미움을 사지 않기 위해 비위를 맞춘다. 그런 일에 시간과 에너지를 쓰기 때문에 자기를 좋아해 주는 사람과 자기가 좋아하는 사람을 만날 시간이 없는 것이다.

지금 당장 '내가 좋아하는 단 한 사람만 나를 좋아해 주면 충분해. 그 사람만 나를 이해한다면 그것으로 족해. 내가 싫어하는 사람이 나를 이해하지 못하는 건 당연한 거야'라는 식으로 사고방식과 태도를 대담하게 바꿔야 한다. 이런 생각으로 사람들과 지내면 매우 편해진다.

사람들 앞에 나서면 긴장하는 것은 자기가 싫어하는 사람에게도 호감을 사고 싶은 욕심 때문이다. 당신을 진정으로 사랑하는 사람은 당신이 바보짓을 할망정 당신을 좋아해 주고 이해해 주는 사람이다. 그런 사람 앞에서는 안심하고 실수해도 된다.

누군가를 만나면 우선 내가 상대방을 좋아하는지, 싫어하는지 내 자신을 관찰해 보라. 당신이 좋아하는 사람이라면 느긋하게 긴장을 풀라. 그 사람은 당신이 어떤 모습을 드러내도 바르게 이해해 주는 고마운 사람이다.

82

실패해 보지 않으면
자신감을 가질 수 없다

기회를 한번 놓치면 다음에 더 큰 기회가 찾아와도 알아채지 못하게 된다. 반대로 작은 기회를 잘 살리면 다음에 더 작은 기회가 와도 살릴 수 있게 된다. 그렇게 점점 운이 트이기 시작하는 것을 몸과 마음으로 느낄 수 있다.

예를 들어 명함만한 크기의 기회를 놓치면 다음에 엽서 크기의 기회가 오지 않는 한 그것이 기회로 보이지 않는다. 엽서 크기의 기회를 놓치면 문짝만한 기회가 오지 않는 한 기회로 보이지 않는다. 반대로 명함 크기의 기회를 잡은 사람은 다음에는 우표 크기의 기회라도 붙들 수 있다. 운이 나쁘다고 투덜대는 사람은 실은 스스로 행운을 버리고 있는 사람이다. 어째서 모처럼 어렵사리 찾아온 기회를 눈을 멀뚱멀뚱 뜨고 놓치는 걸까?

그런 사람들이 자주 써먹는 변명은, 아직 해본 적이 없다거나 미지의 세계라서 도전할 용기가 없다거나 자신이 없다는 따위의 것들이다. 하지만 이것은 주객이 전도된 것이다. 자신감과 용기는 미지의 세계에 도전했을 때 얻을 수 있는 것이 아닌가. 경험하지 않은 세계라고 언제까지나 꽁무니를 빼고 있으면 천년만년 시간이 지나도 자신감과 용기를 내 것으로 만들 수 없다. 해보지도 않고 경험을 가질 수는 없는 일이다. 이것저것에 도전하고 실패도 해봐야 자신감을 가질 수 있다. 그것이 바로 삶이다. 도전하지 않는 사람은 살아 있다고 말할 수 없다.

도전하고 자꾸 실패하라! 실패를 해도 잃는 것은 없고 오히려 얻는 게 많다. 실패를 미래에 활용하면 지혜를 얻게 된다. 실패를 극복하면 다른 사람을 따스하게 격려할 수 있는 마음이 생긴다.

자, 미지의 세계에 도전하라! 성공과 실패와는 상관없이 멋진 미래가 펼쳐질 것이다.

83

인간관계는 끝이 없는 깨달음의 과정과 같다

깨닫지 못한 사람일수록 깨달았다고 선언하고 싶어 한다. 정말 깨달은 사람은 결코 깨달았다는 말 따위는 하지 않는다. 오히려 아직 멀었다고 말한다. 겸허함을 가장하여 그렇게 말하는 게 아니라 진심으로 아직 깨닫지 못했다고 생각하기 때문에 그렇게 말하는 것이다.

왜냐하면 하나를 깨달으면 깨달아야 할 두 가지가 저절로 보이기 때문이다. 둘을 깨달으면 넷이 보인다. 그러므로 깨달았다고 단정 짓기에는 아직 이르다고 생각하고 언제나 겸손한 태도를 취한다. 그런 사람은 다양한 사람들에게서 여러 가지 가르침을 받으려고 함으로써 더 많은 것을 배운다.

학문 탐구도 마찬가지다. 하나의 발견이 있으면 두 가지 수수께끼가 태어난다. 두 가지 진실을 이해하면 알고 싶은 것이 네 가지 꿈틀거린다. 그런데 우주의 진리를 모르는 사람은 조금 공부한 것만으로 모든 것을 아는 것처럼 군다. 또한 자기 자신을 잘 모르는 사람일수록 약간의 깨달음에 도취하여 인생의 모든 것을 안 것 같은 기분을 갖는다.

그래서 더 이상 깨달을 필요도, 공부할 필요도 없다고 여겨 생각조차 멈춘다. 사람은 사고를 정지한 순간부터 우쭐해지는 법이다. 아무것도 깨닫지 못했음을 알지 못하고 오히려 자신은 큰 깨달음을 얻었다고 자랑스럽게 떠벌인다. 이것은 마치 유치원 아이가 떠들고 있는 것과 같다. 우스꽝스럽기 짝이 없지만, 우쭐한 기분에 자신이 부끄러운 짓을 하고 있는 것조차 알지 못한다.

벌거벗은 임금님과 똑같은 사람이라고 하지 않을 수 없다. 부끄러운 행동을 하고 있는 사람일수록 자신이 부끄러운 짓을 하고 있다는 자각이 없기 마련이다.

84

한순간의 사소한 거짓이
모든 관계를 망가뜨린다

새 귀고리를 하나 장만한 사람이 회사 동료들에게 "나한테 어울리는 거 같아?" 하고 묻는다고 하자. 그런데 사실은 어울리지 않는다. 그렇지만 동료들은 그녀에게 상처를 줄까봐 잘 어울린다고 말한다. 당신이라면 뭐라고 대답할까?

누구나 나쁜 사람이 되기는 싫기 때문에, 이런 질문을 받으면 은근히 표정이 굳어지면서 마음과는 달리 어울린다고 대답하는 사람이 많다. 그러나 그런 행동은 한순간 부드럽게 넘어갈 수는 있지만 나중에 몇 가지 좋지 않은 영향을 미친다.

첫째, 타인을 불신하게 된다. 자신이 다른 사람에게 "이 옷, 나하고 어울려?" 하고 물어 보았자 아무도 솔직하게 말해 주지 않을 거라고 확신한다. 평소에 자신이 다른 사람에게 그런 식으로 했기 때문이다. 그리고는 세상에 믿을 사람이 없다고 불평하는 것이다. 사람을 믿고 싶으면 먼저 자신이 거짓말을 해서는 안 된다.

둘째, 상대방에게 신용을 잃는다. 거짓임이 밝혀졌을 때, 그

당시에는 진짜 어울린다고 느꼈다고 아무리 핑계를 대도 소용이 없다. 거짓말은 반드시 들키고 만다. 의식의 표면은 알아채지 못하더라도 의식의 심층은 자연스럽게 알아챈다. 사소한 거짓말 때문에 친구가 떨어져 나가는 것이다.

셋째, 나 자신조차 무엇이 진실이고 무엇이 거짓인지 분간하지 못하게 된다. 마음속으로 생각하고 있는 것과 정반대로 말하기 때문에, 자신의 말이 진실인지 거짓인지를 구분하지 못하게 되는 것이다. 상대방에게 거짓말을 한다는 것은 곧 자신에게도 거짓말을 하는 것이기 때문이다. 언젠가는 자신에게 한 거짓말에 자신이 속아 넘어갈 때가 오는 법이다.

넷째, 다른 사람의 배려를 받아들일 수가 없다. 동료에게 상처를 주고 싶지 않아 거짓말을 했다는 것은, 상처를 받을지도 모르는 동료에게 미움을 사고 싶지 않다는 자기 방어 혹은 자기 사랑에서 비롯된 행동이다. 상대방의 행복을 바라는 마음에서 우러나온 행동이 아니다. 이런 행동을 하고 하면 누구도 당신의 행복을 빌어주지 않으며, 당신을 배려해 주지 않는다.

85

지나친 이성은
때로는 조직을 해친다

심술궂은 사람일수록 남들도 모두 심술궂을 거라고 믿는다. 하지만 모든 사람이 자신에게 차갑게 대한다고 느껴지는 것은 자신이 다른 사람을 차갑게 대하고 있기 때문이다. 다른 사람에게 불쾌감을 주는 사람일수록 다른 사람에게서 불쾌감만 느낀다. 행복의 적은 자기 자신 속에 있다.

이렇게 간단한 메커니즘을 깨닫지 못하는 이유는 무엇일까? 자신의 추한 모습을 보지 못하기 때문이다. 왜 내 모습을 자각할 수 없는 걸까? 자신의 진짜 마음을 스스로 파악하는 것이 그만큼 어렵기 때문이다. 내 마음인데 왜 내가 모르는 걸까? 이른바 '이성' 때문이다.

조직 속에서는 가급적 서로 대립하지 않기 위해 이성이 감정을 억제한다. 이성이 발달함에 따라 감정을 더욱 이해하기가 어려워진다. 하지만 사람과 사람 사이의 진정한 공감은 스스로의 진짜 마음을 알게 만든다. 공감은 그런 면에서 이성보다 중요하다.

범죄자 여럿이 같은 방을 쓰게 하면 싸움을 하고 말썽이 끊이지 않지만, 막상 독방에 가겠느냐고 하면 여럿이 같이 있는 편을 택한다고 한다. 혼자 있는 것이 무엇보다 무서운 이유는 도무지 자신의 마음을 알 수 없어 몹시 불안해지기 때문이다.

하지만 아무에게나 자신에 대한 이야기를 털어놓는 것은 도움이 안 된다. 마음을 열고 긴장을 늦출 수 있는 상대가 아니면 나의 감정을 알 도리가 없다. 그래서 좋은 친구, 좋은 아내, 좋은 남편이 필요한 것이다.

86

인간은 격려 받아야
능력을 발휘한다

한 조련사는 경주마가 경마에서 우승하는 요인으로 말의 훈련 효과 80퍼센트, 말의 유전적 자질 20퍼센트를 꼽았다. 이 수치는 중요하다. 인간에게도 그대로 적용되기 때문이다.

우수한 말을 키워 내기 위해 우수한 말끼리 교배하는 것은 상식이지만, 경마에서 우승을 거두는 말이 전부 뛰어난 어미와 수말 밑에서 태어났느냐 하면 꼭 그렇지는 않다. 인간을 포함하는 포유류나 조류, 파충류 등의 동물이 유성 생식*을 하는 목적은 유전자를 재조합하여 부모와 다른 새끼를 만드는 데에 있다. 부모와 자식이 닮는다는 것은 환상이라고 잘라 말해도 과언이 아닐 정도다. 사실 부모와 자식은 다른 부분이 훨씬 많다.

천재 작곡가 중에 요한 슈트라우스 부자를 제외하면 부모와 자식이 모두 작곡가가 된 예는 거의 없다. 노벨상 수상자들 가운데서도 부모와 자식이 같은 분야에서 상을 받은 경우는 없다.

천재적 능력을 발휘하는 데 필요한 유전자(또는 유전적 요소)는 유성 생식을 하는 과정에서 흩어져 부모와 다른 능력을 발휘하는 유전자가 조합된다. 더욱이 사람도 훈련하지 않으면 아무리 훌륭한 자질을 갖고 있다 한들 능력을 발휘할 수 없다. 에디슨이 말한 "1퍼센트의 영감과 99퍼센트의 땀"이야말로 잘 들어맞는 말인 것 같다.

천재적 자질을 갖고 태어나는 행운을 가졌으면서 자기 비하나 자기 혐오를 하느라 그것을 펼쳐 보지 못한 채 일생을 마치는 사람이 많다. 본인의 노력과 훈련이 필요한 것은 물론이지만, 능력을 발휘하기 위해서는 주위의 격려와 응원이 대단히 소중하다. 인간은 격려를 받아야 능력을 발휘하기 때문이다.

---

* (생물) 암수의 두 배우자가 합일한 접합체에서 새로운 생명체가 발생하는 생식법. 대개의 다세포 생물에서 볼 수 있다.

87

혼자서는 절대로 행복해질 수 없다

누군가가 나의 행복을 빌어 주지 않으면 행복해지기가 어렵다. 왜냐하면 혼자 힘으로 불쾌감을 맛보지 않을 수는 있어도, 주변 사람의 지원과 공감이라는 응원 없이 혼자서 즐거움과 기쁨을 맛보는 것은 어렵기 때문이다. 특히 외로움을 많이 타고 가족이나 친구 같은 가까운 사람의 영향을 많이 받은 사람은 더욱 그렇다.

인간은 자신의 유쾌한 감정에 퍽 서툴다. 더욱이 자칫하면 순간적으로 나쁜 감정을 갖기 쉽다. 그러므로 자신의 희로애락에 공감해 주는 사람의 존재가 절대적이다. 그런 사람이 없으면 자신이 무엇을 하고 있을 때 가장 생기 있는지 알 수가 없다. 마음의 친구란 나를 거울처럼 비추어 주는 사람이다.

진짜 마음의 친구는 상대방에게 나쁜 감정이 보이면 " 요즘 이상해"라고 날카롭게 지적해 준다. 그리고 커다란 기쁨을 얻고 있을 때에는 자신의 일처럼 같이 기뻐해 준다. 상대방이 기쁨을 얻고 있다는 것을 명확히 깨닫게 해준다. 반대로 내가 즐겁지 않은데 즐겁다고 착각하고 있는 경우에도 마음의 친구는 마찬가지도 공감해 준다. '아무래도 나는 착각하고 있나 봐' 하고 깨달을 수 있게 해주는 것이다.

마음의 친구는 인생의 나침반이다. 그런 사람이 한 사람만 있어도 충분하다. 하지만 주변에 온통 무책임한 친구들뿐이고 진정으로 행복을 기원해 주는 마음의 친구가 한 사람도 없다면 인생은 비뚤어지게 된다.

그리고 자신의 행복을 진심으로 바라는 친구가 있는데도 행복해지지 않는다면, 스스로 행복하기를 거부하고 있는 것은 아닌지 의심해 보아야 한다. 뒤집어 말하자면 사람은 스스로 행복하기를 진심으로 바라는 한 누구나 반드시 행복할 수 있다는 것이다.

그런 친구, 연인 혹은 남편(아내)이 있는 것만으로도 당신은 행복하다. 행복을 혼자서 만들 수는 없다.

88 근사한 식당보다 함께 맛있게 먹을 수 있는 사람을 찾아라

집에서 먹는 밥이 가장 맛있다고 느끼는 가정이 정말 행복한 가정이다. 어머니의 요리 솜씨가 문제가 아닌가. 생각해 보라. 문제가 있는 가정은 예외 없이 식탁이 공포의 장소다. 앉는 것 자체가 두렵다. 식탁에서 부부 싸움이 시작되거나 야단이 시작되는 것이다.

문제가 있는 가정에서 성장한 사람은 집에서는 밥을 먹고 싶지 않다, 맛을 모르겠다, 집에서는 식욕이 없는데 혼자 있으면 이상하게 식욕이 일어난다, 그래서 과식을 하고 토한다, 차나 물을 계속 마시게 된다, 남 앞에서 자신이 먹는 모습을 보이고 싶지 않다는 등등의 식이 장애를 안고 있는 경우가 흔하다.

행복한 가정에서는 싸구려 음식이라도 혼자 먹기보다는 집에서 가족이 둘러앉아 먹는 것을 맛있게 느낀다.

우리의 정신은 미각에 상당히 영향을 미쳐, 맛에 30퍼센트의 영향을 준다고 한다. 나머지 70퍼센트의 요소는 누구와 먹었는지,

즐겁게 먹었는지, 서비스는 좋았는지, 흐르고 있던 음악은 편안했
는지, 인테리어는 안락했는지 하는 것과 같은 음식 이외의 요소들
이다. 한마디로 말해 우리는 음식을 먹는다기보다 분위기를 먹고
있는 셈이다. 분위기를 만드는 최대의 요소는 누구와 먹느냐이다.
따라서 자신이 진정으로 좋아하는 사람과 먹는다면 똑같은 음식을
먹어도 맛있게 느끼는 건 당연한 일이다. 반대로 싫어하는 사람과
먹으면 세상에 둘도 없이 귀한 음식이라도 맛이 없다.

　말도 안 되는 소리라고 생각하는 사람은 반드시 한번 실험해
보라. 특히 달콤한 음식일수록 좋아하는 사람과 먹으면 단맛이 한
결 더해진다. '달콤한 속삭임', '달콤한 말'이라는 표현은 그냥 하는
말이 아니라 이런 경험에서 나온 말이다. '스위트 홈'이라는 말도
마찬가지다. 가족간에 사랑이 넘치고 서로 위하는 마음이 가득하
면 음식은 더욱 달콤해진다.

　근사한 레스토랑보다 함께 맛있게 먹을 수 있는 사람을 찾는
편이 현명하다.

거울을 보듯 나의
행복을 비추어 주는 책

"남을 싫어하는 만큼 당신에게는 결점이 많은 것이다."(57)
얼른 마음속으로 내가 누구누구를 싫어하는지 짚어 보았다.
"내키지 않을 때는 아무것도 하지 않는 편이 피해가 적다."(48)
나는 왜 여태 망설임과 고민의 차이를 모르고 있었나 하고 "쯧쯧"
혀를 찼다.
"변명은 자기실현의 무덤이다."(44)
더러는 용기가 없어, 더러는 게을러서 스스로 거짓 변명을 하곤
하는 내 모습을 되돌아보았다.
"사랑과 존경을 받고자 하는 사람은 아무것도 받을 수 없다."(75)
나는 이런 사람을 알고 있다. 늘 불만으로 가득 차 보이는 그녀는
아무것도 하지 않으면서 남의 행동에만 온 신경을 곤두세운다.
그리고 누군가를 물고 늘어지고 싶어 견딜 수가 없다는 표정이다.
"돌이킬 수 없는 인생이란 없다."(56)

"마음을 먹으면 바로 그날부터 시작하는 것이 좋다."(46)

"외로움으로 외로움을 채울 수는 없다."(27)

어느 해 가을, 나는 이 세 가지를 몸으로 경험했다. 그때 나는 그냥 여행이 하고 싶었다. 그것도 몇 년 만에 도쿄에 몹시 가고 싶었다. 매번 동행이 있었는데 혼자 가는 여행은 처음이었다. 오다이바의 해가 지기 시작하는 바닷가 공원, 모리 미술관의 그림과 야경, 아침마다 시간을 보낸 서점 ……, 나는 과거를 이겨내고 미래에 도전할 수 있는 용기를 마음속에 채울 수 있었다. 그리고 주위 사람들을 진심으로 사랑할 수 있는 마음의 힘도 되찾을 수 있었다.

"적당한 행복 같은 것은 없다."(20)

내가 가진 기쁨과 즐거움을 떠올렸다. 주말마다 나의 고아원(?)을 찾는 아이들, 나의 일, 무조건 내 편이 되어 주는 주변 사람들. 나는 '정말 행복'하다. 그렇게 믿고 그렇게 살기로 했다.

이 책에는 묘한 힘이 있다. 저자가 머리말에서 간파하고 있듯이 솔직히 말해 처음에는 공감할 수 없는 부분이 꽤 있었다. 그러나 다시 읽어 보며 원고를 손질하면서 마음이 아팠다 화가 났다 기뻤다 했다. 차례만 훑어보아도 분명 새삼스럽게 마법과 같은 힘으로 다가오는 인간관계의 법칙들이 있을 것이다. 저자의 말을 따르자

면, 자신의 행복은 스스로 결정하는 것이다. 이 말을 믿고 자신에
게 숨어 있는 기쁨과 즐거움을 찾기를 바란다. 마지막으로 언제나
내 기쁨과 즐거움, 에너지의 원천인 미혜에게 고맙다는 말을 전하
고 싶다.

옮긴이 민성원

인간관계의 지혜 88가지

| 개정1쇄 인쇄 2015년 8월 29일 | 지은이 이와쓰키 겐지 | 옮긴이 민성원 | 펴낸이 임용
호 | 펴낸곳 도서출판 종문화사 · 행복한종 | 편집 이태홍 | 영업 이동호 | 인쇄 · 제본 촬영
문화사 | 출판 등록 1997년 4월 1일 제22 – 392 | 주소 서울시 중구 충무로 4가 130 – 3 진
양빌딩 673호 | 전화 (02) 735 – 6893 팩스 (02) 735 – 6892 | E-mail jongmhs@hanmail.net
| 값 11 ,000원 | ⓒ 2015, Jong Munhwasa printed in Korea | ISBN 979-11-9540220-0-5-03830
| 잘못된 책은 바꾸어 드립니다.

*이 책은 개정판입니다. 「이젠 기브&테이크가 아닌 기브 앤드 기브로 살아라」의 수정 · 개정판입니다.